107 Hill Road

Ein Salsola Springs Roman

Triggerwarnungen im Anhang

Samara Summer
107 Hill Road
Mysteryroman

Buchcover: Annabel Ink, digitale Umsetzung: Bastian K.

Herstellung und Verlag: BoD – Books on Demand, Norderstedt

ISBN: 9783734722806

1. MORTIMER

Alles begann mit Kopfschmerzen und dem Haus in der 107 Hill Road, das auf den ersten Blick völlig uninteressant aussah.

Der Schmerz hatte schon kurz nach dem Aufwachen in meinen Schläfen pulsiert. Ich hatte mich aus dem Bett gequält, zwei Tabletten mit Kaffee runtergespült, kalt geduscht, den Vormittag im Büro hinter mich gebracht und mich am Nachmittag, nach einer weiteren Tablette, irgendwie durch eine Wohnungsbesichtigung In der Lincoln Avenue gekämpft.

Diese war sterbenslangweilig gewesen. Kein schlechtes Objekt, das muss ich zugeben, aber ein wirklich ödes Projekt. Das Hauptproblem der Wohnung war die Besitzerfamilie. Sie hatten die Immobilie einfach unfassbar schlecht präsentiert. Die Fotos im Internet waren allesamt unscharf, viel zu dunkel und zeigten hauptsächlich die Einrichtung im Stil »Nun-ja-man-braucht-eben-Möbel«: viel helles Holz, Polster mit geometrischen Mustern in den Farben Rosa, Graublau und Dottergelb, kombiniert mit weißen Spitzenvorhängen. Das Bildmaterial ließ nichts von den Vorzügen, wie der Weitläufigkeit der Räume und der naturnahen Lage, erkennen.

Zudem war ich mir nahezu sicher, dass die Flächenangabe nicht stimmte. Ich habe einen guten Blick für so was und nahm an, dass die Wohnung bestimmt zehn Prozent größer war als im Angebot angegeben. Gewissheit würde aber erst eine Messung bringen – die wir definitiv würden vornehmen müssen. Denn obwohl mir das Projekt nicht spannender erschien als Fußnägelschneiden, war mir natürlich klar, dass wir uns dem annehmen mussten. Die Gewinnaussichten waren einfach zu verlockend. Die Wohnung war schon lange auf dem Markt und der Angebotspreis von den verzweifelten Besitzern immer wieder gesenkt worden. »Wir haben wirklich keine Ahnung, warum keine Interessenten kommen.« Nun, das würde ich ihnen bestimmt nicht verraten. Stattdessen sagte ich, dass mein Chef sich innerhalb der nächsten zwei Tage melden würde. Mit ein paar Schönheitsreparaturen könnten wir das Objekt für bestimmt ein Drittel mehr auf den Markt bringen. Ein gutes Geschäft.

Ich zog mein Handy aus der Hosentasche, um meine Einschätzung mit Toni zu teilen. Toni, eigentlich Antonio, ist nicht nur mein Chef, sondern auch irgendwie mein Stiefvater. Ich sage *irgendwie*, weil das kaum von Belang ist, da meine Mutter zu diesem Zeitpunkt schon seit 19 Jahren tot war. Mit Toni hatte sie damals nur noch zwei Jahre gehabt und diese lagen schon so weit in der Vergangenheit begraben, dass ich kaum glauben konnte, dass es sich um meine eigenen Erinnerungen handelte. Vielmehr erschien es mir wie die Geschichte eines anderen Menschen, die mir irgendwann mal jemand ziemlich lebhaft geschildert hatte.

Toni ist für mich definitiv mehr Chef als Familie. Vielleicht auch ein bisschen Kumpel, wenn er sich nicht gerade wie ein alter Stinker benimmt. Nachdem ich jahrelang für uninspirierte große Unternehmen gearbeitet hatte, war ich in seine Firma »Toni's Homedreams« eingestiegen. Wir kaufen Bruchbuden in Lagen mit Potenzial, verhelfen ihnen möglichst kostengünstig zu neuem Glanz und verkaufen sie gewinnbringend weiter. Neben einer Buchhalterin, die nur halbtags kommt, bin ich die einzige festangestellte Person, wobei wir natürlich regelmäßig mit verschiedenen Handwerkstrupps zusammenarbeiten. Toni hat Visionen und das Herz am rechten Fleck. Das macht seine gelegentlichen Launen und seine Brummigkeit wett. Er hat vorher als Maurer, Künstler, Fotograf und Einkäufer für eine Baustofffirma gearbeitet. Ich bin Innenarchitekt. Wir ergänzen uns gut und wissen die Qualitäten des anderen zu schätzen.

Eine kurze Textnachricht an Toni reichte aus, um ihm die Besichtigung zu schildern:

Schlag zu. Kleines Beauty-Makeover, großer Profit. Ich mach Feierband, wenn's okay ist. Mein Kopf. Momo

Toni kennt das. Er hat ebenfalls Migräne. Glücklicherweise wechseln wir uns mit unseren Anfällen meist ganz gut ab. An besagtem Tag wollte er mich jedoch noch nicht von der Leine lassen:

Schaffst du noch eine schnelle Besichtigung? Cholla Hills. Hill Road. Gerade reingekommen. Ist ja nicht weit. Absoluter Spottpreis. Einfamilienhaus! Bruchbude, klar, aber noch zu retten? Kurzer Blick reicht.

Ich seufzte. In jedem anderen Fall hätte ich nein gesagt, mich lieber zu Hause auf mein Bett geworfen und mit einer Schlaftablette betäubt, aber das klang einfach zu gut. Es ist so, dass ich wirklich für diesen Job brenne und die Cholla Hills, oft auch nur Chollas, gerade voll im Kommen sind. Stadtrand. Ein paar protzige Villen thronen dort schon über der City. Früher war das anders. In den Siebzigern bauten in dem Viertel die Leute, die ein Haus wollten, sich aber die Innenstadtlage nicht leisten konnten. Sämtliche Mehrfamilienhäuser zeugen noch von dieser Zeit. Uniforme, an den Hang geklatschte Betonkästen, Wand an Wand. Eine Firma namens Benn's & Mark's hatte damals gemerkt, dass diese Art von Immobilien sich eignet, um junge Familien anzulocken. Einige wurden später zu Einfamilienhäusern umgebaut, als die ersten Leute mit Geld die Vorzüge der Lage erkannt hatten.

Zu diesem Zeitpunkt waren nur noch selten Schnäppchenhäuser in den Chollas auf dem Markt – und sie waren schneller wieder weg, als ich blinzeln konnte. Hätte ich die Besichtigung auf einen anderen Tag verschoben, hätte es womöglich schon nichts mehr zum Besichtigen gegeben. Also tippte ich:

Ok. Ein kurzer Blick.

Zurück kam:

Ich geb' dir die Adresse durch und schick dir das Exposé (ist aber dürftig, keine Bilder). Du wirst in 40 Minuten erwartet. Tausend Dank, mein Guter, Toni

40 Minuten – na super, wie großzügig. Von meinem Plan, mir einen Green Smoothie auf dem Weg zu gönnen, konnte ich mich verabschieden. Im Feierabendverkehr von Salsola Springs war die Strecke auch ohne Zwischenstopp kaum so schnell zu bewältigen. Ich klemmte mich hinters Lenkrad, rieb mir die Schläfen und fluchte. Schließlich erreichte ich die Chollas und folgte den Anweisungen der Navigations-App. Von den Häusern, die oberhalb an den Hang gebaut sind, konnte ich aus dem Auto heraus kaum etwas sehen. Die Straße verläuft unterhalb von ihnen und am Gehsteig ragt eine weiß gestrichene Betonmauer auf, die, von meiner Sitzposition im Wagen aus, fast das ganze Sichtfeld ein-

nahm, hier und da von Treppen unterbrochen, wo es zu den Anwesen geht. Die meisten Häuser waren hinter Palmen und Kakteen versteckt.

Ich fuhr weiter und weiter. Mit einem Blick auf das Handydisplay vergewisserte ich mich, dass ich noch auf Kurs war. Mir wurde bewusst, dass ich noch nie so weit oben gewesen war. Die Villengegend mit der weißen Mauer hatte ich bereits hinter mir gelassen, der Gehsteig war schmal und so desolat, dass er an manchen Stellen kaum noch als solcher bezeichnet werden konnte. Jenseits von ihm gab es keine bepflanzten Ruheoasen, die die Wohnungen von der Straße abschirmten. Eintönige Häuserfassaden grenzten direkt an den Gehsteig – oder das, was davon übrig war. Dazwischen befand sich das ein oder andere Brachgrundstück und eine Brandruine.

Ich stellte fest, dass es sich bei meinem Ziel tatsächlich um das letzte Haus in der Straße handelte. Den Firmen-Pickup parkte ich am Straßenrand, stieg aus, schirmte meine Augen gegen die Sonne ab und begutachtete die Immobilie. Das Haus war groß und wirkte irgendwie in die Höhe gezogen. Im besten Fall ließ es sich als schnörkellos bezeichnen. Lieblos beschrieb es aber besser. Vollkommen funktional, keine baulichen Besonderheiten. Eine gradlinig aufragende Betonfassade, die einen langen Schatten warf und die von Schmutz nur so starrte. Abgase und der Wüstenstaub hatten ihre Spuren hinterlassen. Nur wenige kleine Fenster, hinter denen Finsternis herrschte, ein flaches Dach. Die Haustür war von der Straße aus nicht zu sehen. Die Entfernung zu den nächsten, Schulter an Schulter gebauten Mehrfamilienhäusern war nicht allzu groß. Außerdem war der Baustil exakt derselbe.

Benn's & Mark's hatte dem oberen Teil des Viertels gnadenlos seinen Stempel aufgedrückt. Dieses Haus hatte nichts von dem, was sich unsere Kunden wünschten. Es sah auch nicht nach einem Einfamilienhaus aus. Sicher war es eines von den Gebäuden, die früher einzelne Apartments beherbergt hatten, die später zu einem großen Wohnraum zusammengefasst worden waren.

Niemand wartete auf dem Gehsteig auf mich, obwohl ich ziemlich gut in der Zeit war. Gerade mal sechs Minuten zu spät – und mehr konnte man bei dem Verkehr wirklich nicht erwarten. Ich drehte mich einmal um die eigene Achse, konnte jedoch keinen einzigen Menschen ausmachen. Unterhalb lag die Stadt, abgeschirmt von ihrem nachmittäglichen Smog. Die anderen Autos, die hier oben geparkt waren, standen alle so weit weg, dass es unwahrscheinlich war, dass sie von der Person stammten, mit der ich mich treffen sollte. Vermutlich war diese selbst im Stau steckengeblieben. Ich nahm meine Brille ab, um die Augenlider zu massieren, schnappte mir die Wasserflasche, die auf dem Beifahrersitz lag und trank den letzten lauwarmen Schluck. Dann wollte ich das Exposé aufrufen, zu dem Toni mir den Link geschickt hatte, aber die Seite lud nicht und das Handynetz war allgemein ziemlich schwach. Ich setzte diesen Umstand gedanklich auf die Liste der vielen Minuspunkte, die das Haus unattraktiver machten. So viele, wie es inzwischen waren, musste es ein echtes Schnäppchen und in gutem Grundzustand sein, um für uns irgendeinen Wert zu haben. Die Chollas allein reichten als Verkaufsargument nicht. Vor allem, da es sich um die schlechteste Lage innerhalb des Viertels handelte.

Ich ging langsam an der Hausfassade entlang. Ein paar Minuten würde ich noch warten, aber nicht länger.

Ich konnte einfach nicht mehr. Da entdeckte ich auf einmal Betonstufen, die auf der linken Seite des Hauses den Hang hinaufführten, vermutlich zu einer Terrasse. Wahrscheinlich befand sich dort oben auch der Hauseingang. Ich legte den Kopf in den Nacken, um hoch zu schauen, aber die Sonne stand in einem derart ungünstigen Winkel, dass ich kaum etwas erkennen konnte. Das helle Leuchten setzte mir noch mehr zu und ich fasste einen Entschluss: Ich würde jetzt die Treppen hinaufsteigen, schauen, ob dort jemand auf mich wartete und falls dem nicht so war – und sich auch darüber hinaus keine neuen reizvollen Blickwinkel ergaben – würde ich einfach nach Hause fahren.

Langsam erklomm ich die Stufen, wobei sich in meiner Magengrube geballte Übelkeit sammelte. Es war diese spezielle Art von Übelkeit. »Halt dich nur noch kurz auf den Beinen«, sagte ich mir, als ich eine niedrige Balustrade mit einem Gartentürchen erreichte. Als ich dieses öffnete, spürte ich, wie sich ein trockener stachliger Zweig in meinem Hemd verfing. Die Treppe war gesäumt von dürrem Gestrüpp. Ich versuchte fluchend, den Zweig loszumachen, ohne dem neuen, schick gemusterten Hemd Schaden zuzufügen. Als ich den Kopf – wohl etwas zu schnell – hob und mich wieder dem Türchen zuwandte, schlug die Übelkeit voll zu. Mir wurde der Atem abgeschnürt und ich wusste, dass mir nur noch Sekunden bis zu einem Ohnmachtsanfall blieben. Ich war schon lange nicht mehr bewusstlos geworden und es war mir noch nie im Job passiert, aber ich wusste, dass ich nichts tun konnte, um es zu verhindern. Schadensbegrenzung war alles, was mir blieb und glücklicherweise erspähte ich eine Bank. Es gelang mir, mit tanzenden Sternchen vor meinen Augen und einem Pfeifen in den Ohren, sie zu erreichen. Ich ließ mich darauf sinken, leg-

7

te mich auf den Rücken. Für einen Moment glaubte ich, mich übergeben zu müssen. Stattdessen überfiel mich einfach nur Schwärze.

Als ich die Augen wieder aufschlug, mich immer noch schlecht, aber nicht mehr ganz so erbärmlich fühlte, fiel mir erst auf, wie exzentrisch diese Terrasse anmutete. Sowohl vor als auch hinter der weiß gestrichenen Betonbank, auf der ich lag, befand sich je ein ovaler, kleiner Pool mit türkisblauen und weißen Mosaikfließen. Das Wasser war klar und sauber und ich war nicht sicher, ob diese Becken der Abkühlung oder einfach nur der Dekoration dienten. Ich blickte von meinem Platz aus auf einen Hauseingang mit einer dunklen Tür, in die schmiedeeiserne Elemente eingefügt waren. Ein Weg aus unebenen Steinplatten führte von ihr weg, an den Pools und meiner Bank vorbei und bis zu der Gartentür, durch die ich gekommen war. Der Rest der Fläche war mit Terracotta-Töpfen dekoriert, aus denen mediterrane Pflanzen wuchsen. Das Seltsamste waren jedoch die Vorhänge. Transparent weiße, dünne Bahnen aus Vorhangstoff begrenzten das kleine Gartenareal sowohl zur Seite und auch nach oben. Sie waren an dunklem Metallgestänge befestigt. Im ersten Moment nach meinem Ohnmachtsanfall hatte ich daher geglaubt, mich in einem Innenraum zu befinden. Wo war ich hier nur gelandet?

Ein Geräusch, eine Art gedämpftes Klappern, ließ mich hochschrecken und die plötzliche Bewegung löste einen Schmerz aus, der sich anfühlte, als sei ein Blitz in meine Schädeldecke eingeschlagen. Aber wenigstens war mein Kreislauf wieder so stabil, dass ich nicht gleich zu Boden ging. Ich ignorierte den Schmerz, während ich rückwärts stolperte, weil irgendetwas mir den Eindruck vermittelte, mich an einem Ort zu befinden, an dem ich nicht sein sollte. Ich war auf dieser Terrasse ein ungebetener Gast, auch wenn ich zu einer Besichtigung eingeladen worden war.

Grundsätzlich war es auch nicht üblich, einfach auf den Grundstücken der Häuser von Interesse herumzuschleichen. Es gehörte sich, auf der Straße zu warten, bis man hineingelassen wurde. Ich steuerte mit leisen Sohlen auf das Gartentürchen zu, um mich davonzumachen. Bei früheren Besichtigungen hatte ich schon die düstersten Rattenlöcher gesehen, aber das hier – die gespenstischen und viel zu sauberen Vorhänge und die seltsamen Pools – das war unheimlicher als alles, was ich bisher gesehen hatte. Obwohl ich nicht genau sagen konnte, warum.

Als ich gerade die Hand nach dem Türchen ausstreckte, vernahm ich hinter mir ein leises Geräusch. Ich beschloss, es zu ignorieren, doch dann folgten Worte: »Willst du reinkommen?« Eine ruhige, dunkle Männerstimme in meinem Rücken. Ich erstarrte. Wo kam die Person, die gesprochen hatte, auf einmal her? Ich hatte zuvor zwar dieses gedämpfte Rascheln vernommen, jedoch nicht gehört, dass sich eine Tür geöffnet hatte. Hatte sich die Person hinter den Pflanzen versteckt? Im ersten Moment wollte ich meine Flucht einfach fortsetzen, als hätte ich nichts gehört, aber dann dachte ich: »Nimm dich zusammen!« Was würde Toni sonst sagen? Also drehte ich mich um.

Es dauerte einen Moment, bis ich die Person ausmachte, die zu mir gesprochen hatte, denn sie war viel weiter weg, als ich zunächst vermutete hatte. Der Mann saß auf derselben Bank, auf der ich zuvor aufgewacht war und als ich ihn sah, verspürte ich sofort wieder das Bedürfnis wegzulaufen. Ich habe in meinen Jahren in dieser Branche nicht nur Rattenlöcher gesehen, sondern auch schon mit so einigen abgewrackten oder bedrohlichen Typen zu tun gehabt. Aber das hier war anders. Das Gefühl, dass ich nicht hier sein sollte, verstärkte sich, als ich den Mann sah. Er saß oberkörperfrei und leicht vornübergebeugt auf der Bank und stellte dabei seine zahllosen Tattoos zur Schau. Seine dürren Unterarme ruhten auf den Oberschenkeln, die Finger seiner Hände waren ineinander verschränkt. Ich konnte sein Gesicht kaum erkennen, weil er zu Boden blickte und weil die starken Schmerzen sowieso alles unscharf wirken ließen. Sein haselnussbraunes, schulterlanges Haar war teilweise in einem Hipster-Dutt zusammengefasst, teilweise offen.

Ich war unfähig zu antworten, da ich beinahe das Gefühl hatte, ich hätte mir nur eingebildet, dass er mich angesprochen hatte. Er vermittelte nicht den Eindruck, als sei er gerade durch die Tür nach draußen gekommen und habe einen Fremden auf seiner Terrasse vorgefunden. Vielmehr wirkte es, als säße er schon seit einer halben Ewigkeit auf dieser Bank, um über irgendetwas zu sinnieren. Ich wagte es kaum, ihn anzusehen und als die Stille bereits unangenehm lange andauerte, muss ich irgendetwas wie »Entschuldigung« gestammelt haben. »Geh einfach rein und schaue dir an, was du sehen musst. Ich bin der Besitzer«, sagte er, der Klang seiner Stimme immer noch völlig ruhig. Er ließ nicht im Geringsten vermuten, dass die Situation merkwürdig war. Nun, vielleicht war sie das auch einfach nicht. Womöglich war ich der Einzige, der sich seltsam benahm. Vielleicht hatte er drinnen auf mich gewartet, weil er ein unerfahrener Privatverkäufer war und hatte beim Herauskommen gesehen, dass ich gerade dabei war, wieder zu gehen. Ich wünschte mir nur, er hätte ein Hemd angezogen und würde mir in die Augen sehen.

»Das wäre in Ordnung, ja?«, fragte ich zur Sicherheit. »Bist du Journalist?«, fragte er, weiterhin ohne mich anzusehen. Die Frage überraschte mich nur im ersten Moment, denn tatsächlich hatten einige unserer besichtigten Objekte auch die Aufmerksamkeit der Presse auf sich gezogen. Nämlich die, in denen kürzlich ein Verbrechen geschehen war. Ja, wir hatten beispielsweise schon einmal ein Haus gekauft, nachdem die Bewohnerin im Wohnzimmer von ihrem Mann erschossen worden war.

»Nein. Du hattest wahrscheinlich mit meinem Chef zu tun. Wir wollen das Haus eventuell kaufen und wir waren verabredet. Ich bin schon etwas spät, aber ich hatte zuerst unten gewartet und würde nur einen ganz kurzen Blick hineinwerfen. Mortimer Mitchell ist übrigens mein Name. Aber alle nennen mich Momo.« Ich verspürte die dringende Notwendigkeit, mich zu erklären, aber er antwortete nicht und die Vorhänge wehten gespenstisch neben ihm im Wind. War er es, der sie regelmäßig wusch oder austauschte? Hier und da hatte sich ein trockenes Blatt darin verfangen, doch während die Hausfassade zeigte, was Staub und Abgase anrichten konnten, war bei den Vorhängen nichts davon zu sehen. Womöglich hatte er sie auch ganz frisch aufgehängt. »Die Vorhänge sind ungewöhnlich«, sagte ich, weil er immer noch nicht antwortete. »Die Vorhänge? Ja?« Nach einer kurzen Pause schob er ein »Ach ja« hinterher, als sei ihm gerade etwas klar geworden und er nickte. »Okay... Ich werfe dann mal einen kurzen Blick rein«, sagte ich und nickte ebenfalls langsam. Gerne hätte ich sein Gesicht gesehen. Am besten über einem Hemdkragen.

Ich ging vorsichtig an ihm vorbei und fühlte mich sofort unwohl, als er sich in meinem Rücken befand. So, als würde er mich jede Sekunde anspringen. Er hatte etwas Unberechenbares, Arglistiges an sich. Ob er wohl auf Drogen war? Nun wünschte ich, ich hätte ihn mir doch besser angesehen und auf seine Tattoos geachtet. Was waren es für Motive, die fast die gesamte Fläche seines Oberkörpers und seiner Arme zierten? Was für ein Typ war das? Egal. Ich würde das jetzt ganz schnell hinter mich bringen. Zwar war ich nicht gerade muskulös, aber er hatte diesbezüglich noch weniger zu bieten und im Notfall würde ich auf das Kampfsporttraining aus Teenagerjahren zählen können. Salsola Springs ist kein ungefährliches Pflaster. Für den äußersten Notfall habe ich normalerweise eine kleine Pistole in meiner Messengerbag, aber die hatte ich nicht bei mir. Da ich ganz spontan beschlossen hatte, die Treppen hinaufzusteigen, lag sie noch im Auto.

Ich öffnete die Tür und blinzelte in einen halbdunklen Innenraum. Ich fand einen Lichtschalter neben der Tür, doch als ich ihn betätigte, blieb die Wandleuchte neben mir dunkel. Nichts Neues. Oft war in den Gebäuden, die wir besichtigten, der Strom abgestellt. Für den Fall hatte ich immer eine Taschenlampe in meiner Tasche – die ich nicht bei mir hatte.

Nur spärliches Licht fiel durch ein erhöhtes Fenster und die offene Tür. Ich brauchte einen Moment, um klar zu erkennen, was vor mir lag. Ich befand mich in einem erschreckend kurzen Flur, in dem es nichts gab, als nackte Wände und eine Holztreppe gegenüber, nur wenige Schritte entfernt. Sie wirkte völlig fehl am Platz, wie ein Fremdkörper: ein einfaches Konstrukt, bestehend aus einem tragenden Mittelbalken, auf den einzelne, ungleichmäßig zugeschnittene Bohlen als Stufen aufgesetzt waren. Ich bin grundsätzlich ein Verfechter luftiger Bauweise, allerdings wirkte die Ausführung in diesem

Fall einfach nur besorgniserregend. Der Winkel war viel zu steil, fast wie bei einer Leiter, und das, obwohl genug Platz gewesen wäre, um die Treppe weiter vorn im Flur auslaufen zu lassen. Auch das beidseitige Geländer wirkte stümperhaft zusammengesetzt. Es wurde von dünnen Holzstreben getragen. Um ihm Stabilität zu geben, hätte auf jeder einzelnen Stufe links und rechts eine solche Strebe aufgesetzt sein sollen. Stattdessen war gespart worden. Nur auf jeder zweiten bis dritten Stufe war eine Strebe angebracht. Nicht einmal in gleichmäßigen Abständen! Die ganze Konstruktion wirkte völlig dilettantisch und perfekt, um sich den Hals zu brechen.

Und was war eigentlich mit der Ebene, auf der ich mich befand? Auf keiner Seite zweigten Türen ab, obwohl dort aufgrund der Größe des Hauses auf jeden Fall weitere Räume sein mussten. Es sah beinahe so aus, als wäre beim Bau des Gebäudes nahezu das komplette Stockwerk versehentlich mit Beton gefüllt worden. Um wenigstens die Etage darüber erreichen zu können, hatte man eben diesen Fremdkörper, die hastig provisorisch zusammengezimmerte Treppe eingebaut. Anders konnte ich mir das Ganze kaum erklären.

Ich hätte als Innenarchitekt wahrscheinlich erschüttert sein sollen. Eigentlich genügte dieser eine Blick, um zu bestätigen, was ich bereits vermutet hatte: dass das Haus völlig unbrauchbar für unsere Zwecke war – und vermutlich auch für so ziemlich alle anderen Zwecke. Stattdessen war ich aber fasziniert von der Dreistigkeit dieses Einbaus, der alle Regeln brach. Ich machte mich also auf den Weg zu den Überraschungen, die da auf mich warteten. Doch schon als ich meinen ersten Fuß auf die unterste Treppenstufe setzte, merkte ich, dass die Konstruktion nicht vertrauenswürdiger war, als sie aussah. Zuerst dachte ich, lediglich das morsche Holz würde unter meinem Gewicht ein wenig nachgeben, aber dann merkte ich, dass die ganze Treppe besorgniserregend schwankte.

Ich würde mich als vernunftgesteuerte und pragmatische Person bezeichnen. Also wundere ich mich im Nachhinein darüber, dass ich nicht sofort kehrt gemacht und mich stattdessen auf eine lebensbedrohliche Treppenkonstruktion in einem ohnehin unverkäuflichen Haus eingelassen habe. Warum ich es getan habe, kann ich nicht sagen. Ich hielt mich mit beiden Händen an den Geländern links und rechts fest und mir war beinahe, als würde das ganze Haus und die Terrasse mitsamt dem Hang ebenfalls schlingern. Womöglich kam der Eindruck auch ein wenig durch meine Kopfschmerzen und den Schwindel zustande. Aus der oberen Etage strahlte mir Licht entgegen. Da es mich, als ich die letzten Stufen erreicht hatte, auf einmal blendete, kniff ich kurz die Augen zusammen – und als ich sie wieder öffnete, sah ich etwas. Jemanden? Eine Gestalt?

Sie kam aus dem Licht und leuchtete selbst heller und beißender als die Sonnenstrahlen: eine Kreatur mit durchscheinender Silhouette. Vom einem auf den anderen Moment aufgetaucht. Auf der Galerie oberhalb der Treppe. Ein dürrer Pferdekörper, auf dem der Kopf einer Frau saß. Obwohl das Wesen nur ein Schemen war, schlugen die Hufe hart auf dem Boden auf. Schwarze Haare umwehten ihr Gesicht. Oder eher: ihre verzerrte Fratze. Ein einziger Schmerzensschrei. Das Wesen steuerte auf mich zu und – wie soll ich sagen – griff nach mir. Aber ohne mich physisch zu berühren, ohne auch nur Hände zu besitzen. Es griff in meine Brust hinein, bohrte sich durch meine Haut und die Rippen. Ich

14

krümmte mich vor Schmerz. Ihr und mein Leid verschmolzen. Meine Fingernägel gruben sich ins Treppengeländer. Sie hatte mein Herz gepackt. Meine Seele. Dieses Geschöpf presste all meine Gefühle aus mir heraus und las meine dunkelsten Geheimnisse. Dann wendete es noch oben am Treppenabsatz und verschwand in der Wand. Der Griff lockerte sich. Der Schmerz ließ nach. Es wurde dunkler. Doch mein Herz hämmerte immer noch und ich hatte ein Bild vor Augen:

Schwärze und ein Schlüsselloch, durch das Licht fiel. Ich griff nach meiner Brust und spürte dabei, wie die Treppe unter mir immer noch schwankte und schlingerte.

Weg! Weg hier! Ich hatte einen Moment geglaubt, mein Ende wäre gekommen und hätte es beinahe einfach so akzeptiert. Doch nun war mir klar, dass ich überleben wollte. Ich fokussierte meinen Blick und machte mich daran, meine Tritte so vorsichtig wie nötig und so schnell wie möglich zu setzen. Ich ging rückwärts, um die Galerie über mir nicht aus den Augen zu lassen und klammerte mich mit beiden Händen an die Geländer. Mit schwitzenden Fingern. Kurzer Blick über die Schulter: Nur noch fünf Stufen, dann drei, geschafft. Kaum hatte ich wieder festen Boden unter den Füßen, dankte ich zur Sicherheit allen Göttern sämtlicher Glaubensrichtungen, die mir spontan einfielen, für ihren Schutz, drehte mich auf dem Absatz um und stürmte aus dem Haus.

»Ah, du hast es dir schon angeschaut«, sagte der Mann auf der Bank nickend. Über meinen Schock hatte ich komplett vergessen, dass er da war. Er klang trotz der Tatsache, dass ich vermutlich gerademal ein bis zwei Minuten in dem Haus verbracht hatte, bevor ich herausgerannt war, nicht verwundert. »Ja, ist nichts für uns, sorry«, brachte ich irgendwie aus trockenen Lippen hervor und versuchte, nur so schnell zu laufen, dass es sich noch als würdevoll bezeichnen ließ. Dabei bildete sich kalter Schweiß auf meiner Stirn. Ich folgte dem Steinweg zum Gartentor, winkte noch mal über die Schulter, ohne mich umzudrehen, die Autoschlüssel bereits in der Hand. Dann folgte ich der Betontreppe nach unten, wobei mein Hemd erneut kurz in wucherndem trocknem Gestrüpp hängenblieb.

Ich kam unten auf der Wendeplattform an, in die die Straße mündete und fragte mich, was das eben gewesen war. Hatte ich vielleicht einfach zu viele Schmerztabletten auf leeren Magen geschluckt? Es waren die normalen Pillen vom Arzt gewesen. Ein paar Mal hatte ich stattdessen auf stärkere zurückgegriffen, die mir ein Kumpel empfohlen und besorgt hatte, aber das war nichts für mich. Sie halfen mit den Schmerzen, lösten aber eine ganz besondere Art von Nebenwirkungen aus, die übler waren als das schlimmste physische Leiden.

Als ich zurück in den Pickup stieg, bemerkte ich eine Vibration in meiner Jeanstasche. Eine Nachricht war eingegangen. Sie war von Toni und bescherte mir gleich den nächsten Schreck, denn sie enthielt die folgenden Worte:

Sorry, Bill hat kurzfristig abgesagt (blöder Wichser). Fahr heim, ruh dich aus. Wir schauen uns das morgen an. Toni

Ich bemerkte den Zeitstempel: 4:51 Uhr am Nachmittag. Das musste ungefähr die Zeit gewesen sein, zu der ich angekommen war. Wegen des schlechten Empfangs war sie erst jetzt, um 5:11 Uhr zugestellt worden.

16

Aber was hatte sie zu bedeuten? Nun, womöglich, dass der Typ, den ich auf der Terrasse getroffen hatte, uns eigentlich abgesagt hatte – was auch erklären würde, warum er nicht mit mir gerechnet hatte. Das war schlüssig. An diesem Punkt hätte ich eigentlich aufhören können, darüber nachzudenken. Doch eine Sache wurmte mich: der Name Bill, der sich so las, als sollte ich wissen, um wen es sich handelte. Und da gab es einen Bill, der ganz oben auf der Liste stand: den von K.W. Invest, einem Immobilienanbieter, von dem wir manchmal kaufen. Grundsätzlich konzentrieren wir uns auf Privatverkäufe, weil dabei mehr Kohle rausspringt, aber K.W. Invest erwirbt manchmal Häuser aus Zwangsversteigerungen, bei denen es nicht möglich ist, sich die Objekte von innen anzusehen. Darum kauft die Firma die Katze im Sack – und wenn sich herausstellt, dass es sich um heruntergerockte Drogenhöllen oder ähnliches handelt, stoßen sie diese Gebäude gerne schnell ab. Das gibt uns eine gute Verhandlungsbasis, da kaum ein Endkunde bereit ist, den Kauf einer derlei gruseligen Ruine überhaupt in Betracht zu ziehen.

Das Haus, das ich mir eben angesehen hatte, passte zu K.W. Invest. Aber der Mann, den ich dort getroffen hatte, überhaupt nicht. Er war nicht nur nicht Bill, sondern auch niemand, den Bill jemals eingestellt hätte. Da war ich sicher. Ich kannte ohnehin, soweit ich wusste, all seine Makler. Wenn es aber keiner von Bills Leuten gewesen war, wer dann? Der ursprüngliche Besitzer des Hauses vielleicht? Derjenige, von dem K.W. Invest das zwangsversteigerte Haus abgegriffen hatte? Und der vielleicht immer noch einen Schlüssel besaß, weil die Bude es Bill nicht wert gewesen war, das Schloss auszutauschen? Ja, mit dieser Erklärung konnte ich mich erst mal abfinden.

Und das Wesen, das ich im Haus gesehen hatte? Nun, dabei hatte es sich vermutlich um eine Halluzination gehandelt. Ausgelöst durch die Schmerzen und den Schwindel. Auch das machte Sinn. Trotzdem blieb ein untergründiges Unwohlgefühl. Vor meinem inneren Auge sah ich wieder das helle Schlüsselloch.

2. ANTONIO

Momo sah an diesem Dienstag nicht besonders gut aus – irgendwie übermüdet – aber Tonis Freundin hatte ihm beigebracht, dass nur frustrierte alte Säcke so etwas laut aussprachen. Also ließ er es sein. Trotzdem hielt er in Gedanken fest, dass Momo eindeutig versucht hatte, seine Augenringe zu kaschieren, ihm die Müdigkeit aber trotzdem ins Gesicht geschrieben war. Außerdem war er am Telefon komisch gewesen, hatte aber auf Tonis Nachfrage erklärt, der Migräneanfall sei vorbei. Toni hatte nicht weiter nachgehakt, weil er wusste, dass er sich eben mit dem begnügen musste, was er bekam. Aktuell war das: keine Erklärung für Momos Tagesform und ein Haus, das Toni auf den ersten Blick missfiel. Dass sie sich die Fahrt hätten sparen können, dämmerte ihm bereits, als er aus seinem Wagen stieg. Trotzdem schüttelte er Bills Hand und Momo tat es ihm gleich. Allerdings ohne die gewohnten höflichen Floskeln. Kein: »Wie geht's deiner Frau? Was macht die Hüfte?« Stattdessen sah er sich auf paranoide Art um. Hatte er Ärger?

Bill wirkte einen Moment lang, als habe der fehlende Smalltalk ihn aus dem Konzept gebracht, dann sagte er: »Na ja, verlieren wir keine Zeit.« Momo nickte, marschierte dann aber einfach in die falsche Richtung los. Während Bill mit gezücktem Hausschlüssel auf die schattige Lücke zwischen der 107 Hill Road und dem Nachbargebäude zuhielt, ging Momo gedankenverloren weiter die Straße hinauf. Erst als Toni seinen Namen rief, blieb er stehen, warf einen verwirrten Blick über die Schulter und machte kehrt. Auch Bill war stehengeblieben und wartete mit zusammengekniffenen Augen auf ihn.

»Ach so, ich dachte… Na ja, ich hatte Treppen am Hang gesehen und dachte…«, stammelte Momo und wies zur anderen Seite des Hauses hinüber. Bill winkte ab: »Da geht's nur zur Terrasse. Wir nehmen den Haupteingang.« »Aber es gibt noch einen weiteren Eingang? Über die Terrasse?«, hakte Momo nach. »Ähm, na ja, gab. Es gab ein paar Umbauten. Das Haus ist aktuell ein bisschen verbaut, ja. Das will ich euch gar nicht vorenthalten. Mit ein bisschen Arbeit bekommt ihr das locker wieder hin«, sagte Bill. Es waren jedoch nicht seine Worte, nicht die Umbauten, die Toni zu denken gaben, sondern die Risse, die er in der schmutzigen Fassade bemerkte. Bill, der seinem Blick folgte, kam seiner Frage zuvor, indem er sagte: »Ich kann es nicht mit Sicherheit sagen, Toni, aber ich denke, das ist alles oberflächlich. Nur der Putz.« Toni war anderer Meinung, wusste aber, dass die Höflichkeit es verlangte, wenigstens einen Blick in den Innenraum zu werfen, bevor er Bill eine Absage erteilte. Schließlich hatte dieser sich die Mühe gemacht, höchstpersönlich hier herauszufahren.

Im Hof zwischen den Häusern standen ein paar Drahtesel, vermutlich von den Nachbarn, und ganz hinten eine alte Schrottkarre ohne Nummernschilder. Der Eingang zur 107 bestand aus einer schlichten dunklen Tür und einer Betonschwelle. Bill schloss auf und gewährte Toni und Momo einen Blick in einen langen, schmalen Flur, in dem sich zwei Türrahmen mit leeren Angeln befanden. Es roch nach Staub. Der Boden war mit billigem beigemeliertem Linoleum belegt und dieses hatte beträchtlich gelitten. Tonis Schuhsohlen blieben kleben, als er einen Schritt hinein machte. »Das waren mal zwei Wohnungen, oder?«, fragte er und wies auf die zwei Türen, die in dem langen Flur verloren wirkten. »Ja, gut erkannt«, sagte Bill, der hinter ihn getreten war. Gemeinsam gingen sie auf die erste Tür zu, mit Sohlen, die sich schmatzend vom Boden lösten, nur um dann gleich wieder festzukleben. »Hier unten waren mal zwei kleine Wohnungen, darüber eine große. Wurde aber wohl von den letzten Besitzern alles zu einem Wohnraum zusammengefasst. Der zweite Stock wurde nie ausgebaut. Er hätte zu der großen Wohnung gehören sollen.«

Toni drehte sich zu Momo um. Er folgte ihnen nur langsam, zögerlich. »Pass mit deinen teuren Tretern auf, Momo«, sagte Toni. »Schon gemerkt«, gab dieser zurück, während er sich damit abmühte, die Slipper nicht an den tückischen Boden zu verlieren. Für Toni bestätigte sich im Hausinneren in kürzester Zeit alles, was er bereits bei der Außenansicht befürchtet hatte: Der Immobilie fehlte jeder Charme und mit der Substanz konnte sie das auch nicht wettmachen, denn auch diese bereitete Toni Bauchschmerzen. Der Innenraum war düster und abweisend, die Reste der Einrichtung in die Jahre gekommen und wild zusammengewürfelt. Alle Schubladen und Schranktüren standen offen. Fast alles war leergeräumt, bis auf ein paar Papierfetzen und Bücher, die mit dem Deckel nach oben auf dem Boden lagen. Die schmutzigen kleinen Fenster ließen nur wenig Licht herein. Doch auch Panoramafenster hätten hier wenig retten können. Sowieso waren zwei der Erdgeschosswände direkt in den Hang hineingebaut. Auf der anderen Seite warf das Nachbarhaus seinen Schatten. Da war nichts zu machen. Nur Fenster auf der Frontseite ließen helles Licht herein.

Es dauerte auch nicht lange, bis Toni die wilden Umbauten ausmachte, von denen Bill gesprochen hatte. Die Raumaufteilung war verändert worden und das wohl mehr als einmal und nicht gerade sachgemäß. Zwei kleinere Räume waren zu einem großen zusammengefasst worden. Der Balken, der eingezogen worden war, um eine vermutlich tragende Wand zu ersetzen, schien durchzuhängen. Als wäre das nicht schon abschreckend genug, war mitten im Raum eine unglaublich steile, teppichverkleidete Treppe, die ins Nichts führte. Die Stelle, an der es in den ersten Stock hätte gehen sollen, war mit einer Spanplatte verschlossen. »Was ist da los, Bill?«, hakte Toni nach. »Na ja, die letzten Besitzer haben mehrmals Änderungen vorgenommen. Wahrscheinlich wollten sie die Treppe, die sie eingebaut hatten, gerade wieder abreißen«, antwortete Bill. »Aber das könnt ihr ja dann selbst tun. Keine große Sache…« »Und sollen wir dann die tragende Wand auch wieder einziehen, damit das Ganze hier nicht wie ein Kartenhaus zusammenfällt?«, bemerkte Toni. Bill schwieg. Toni schüttelte seufzend den Kopf. Sein Blick fiel auf eine altmodische Schreibmaschine, die auf einem niedrigen Regal stand. Wohl der einzige Gegenstand, der beim Ausräumen dieses Raums zurückgeblieben war.

»Die Vorbesitzer haben also zwei Räume verbunden und eine Treppe eingebaut, um einen Durchgang zum ersten Stock zu schaffen. Dann haben sie es sich anders überlegt und ihn wieder verschlossen?«, meldete sich Momo auf einmal zu Wort. Er war heute so still, dass Toni ihn beinahe vergessen hatte. »Vermutlich«, murmelte Bill. »Warum?«, fragte Momo und Bill lachte nur.

Woher sollte er denn auch wissen, was in den Köpfen der Vorbesitzerfamilie vorgegangen war? Als Momo ihn weiter durchdringend musterte, sagte er: »Es erklärt vielleicht einiges, dass die Vorbesitzerin eine verrückte Künstlerin war.« »Maureen West?«, fragte Toni und verspürte das erste Mal an diesem Morgen echtes Interesse an einem Fakt in Zusammenhang mit diesem Haus. »Oder ist das nur ein Gerücht?« »Nein, genau. Um sie geht's«, erwiderte Bill und witterte eine Chance. »Ist natürlich auch ein gutes Verkaufsargument, wenn du es den Leuten richtig präsentierst. Dann darf das Ganze auch – du weißt schon – so eine exzentrische Note haben. So was lässt sich mit wenig Geld umsetzen.«

»Wer war noch mal Maureen West?«, mischte sich Momo ein. »Na, die Malerin. Pale Horse, du weißt schon«, sagte Toni. »Alles okay?«, fragte er dann mit einem prüfenden Blick. Momo nickte nur, wirkte aber irgendwie erschrocken. »Erinnere mich nur düster«, erklärte er dann. »Na, das Gemälde von dem Gaul, der so klapprig ist, dass er kaum noch stehen kann. Mit dem traurigen Gesicht von der Künstlerin irgendwie reinmontiert. Sonderlich hübsch ist sie ja nicht gewesen. Das ganze Bild nicht. Schwarz-weiß, einfach nur deprimierend«, versuchte Bill ihm auf die Sprünge zu helfen. Momo reagierte nicht, sah dabei aber immer noch seltsam erschüttert aus. Was hatte er denn nur? Er kam wieder auf das Ursprungsthema zurück: »Gibt es denn noch eine andere Treppe vom Erdgeschoss in den ersten Stock?« Bill schüttelte mit verkniffenen Lippen den Kopf, als sei ihm das Thema unangenehm. »Aber dann kommt man ja gar nicht in das Stockwerk«, platzte Momo heraus und biss sich dann auf die Lippe. Bill musterte ihn prüfend, eine Spur Irritation in seinem Blick. Es war Toni, als fände eine stille Unterhaltung zwischen

23

den beiden statt, von der er ausgeschlossen war, und er hatte absolut keine Ahnung, worum es dabei ging und was das Ganze sollte.

»Na ja, es gibt noch den Zugang zum ersten Stock über die Terrasse...«, brachte Bill gepresst hervor. »...aber?«, hakte Toni nach. Seine Ungeduld wuchs. Das war doch alles Zeitverschwendung. Er hatte sich täuschen lassen. Täuschen lassen von dem Namen Maureen West, die er, selbst ein Künstler, bewunderte und respektierte. »Na ja, am besten zeige ich euch das. Es ist ein bisschen Arbeit nötig, um alles wieder hinzukriegen, aber ihr schafft das ganz schnell«, sagte Bill. Was sollte das nun wieder heißen? Und wusste Momo etwas über das Haus, das er ihm nicht mitgeteilt hatte?

»Ja, gehen wir doch und reden drüber, Bill«, sagte er nun. »Nein!«, ging Toni dazwischen. Er hatte genug von dem Unsinn. Das Ganze hatte ihn bereits zu viel wertvolle Zeit gekostet – und was auch immer da im ersten Stock wartete, das, wie Bill sagte, Arbeit kostete, es würde das grauenhafte Objekt nur noch hoffnungsloser machen. Also setzte er nach: »Nein, Bill. Das hier kommt für uns nicht infrage.« Momo warf ihm einen erstaunten Blick zu. Normalerweise überging Toni ihn nie. Auch wenn er streng genommen der Chef war, arbeiteten sie eher wie Partner zusammen und berieten sich vor Entscheidungen gemeinsam – manchmal reichte dafür auch nur ein stummer Blick. Sie waren sich meist einig. Nur heute nicht und Momo wirkte so seltsam abwesend, dass Toni sich seine Position gar nicht anhören wollte. »Ich würde es gerne sehen«, widersprach er. »Ich könnte noch bleiben.« »Nein, ich brauche dich für das neue Projekt drüben im West End. Die Planung muss heute wirklich anlaufen«, sagte Toni und benutzte seinen

Fingernagel um etwas zwischen den Schneidezähnen hervorzupulen. Momo ignorierte ihn und wandte sich an Bill: »Gab es hier Probleme mit Einbrechern? Hausbesetzern?« »Nicht, dass ich wüsste«, sagte dieser. »Die Nachbarhäuser sind nicht schick, ja, aber die Leute hier sind okay. Viele junge Familien, die sich unten im Valley nicht mal ein Klohäuschen leisten könnten. Aber trotzdem gute Leute. Dass es hier so aussieht...«, er wies auf die offenstehenden Schubladen, »liegt wohl an der Besitzerin. Falls du es dir genauer ansehen willst...« »Nein, will er nicht, Bill. Weil ich es nämlich nicht kaufen werde und er es ohne mich auch nicht kaufen kann.« Toni beharrte auf seiner Meinung. Dass er Momo derart überfuhr, war einerseits seinem Ärger über die verschwendete Zeit geschuldet, anderseits aber auch ein kleiner Anstoß für Momo, sich wieder zu fangen und zu seiner gewohnten Form aufzulaufen. Doch er ignorierte den Rüffel und antwortete nicht.

Kopfschüttelnd ging Toni durch den Flur zurück. Eine Gänsehaut hatte sich auf seinen Armen unterhalb der kurzen Hemdsärmel gebildet und er hielt sehnsüchtig auf das Tageslicht zu, das durch die offene Haustür fiel. Er wollte keinen Moment länger bleiben. Miese Gewinnaussichten und ganz miese Vibes, mehr gab es hier nicht. Toni ließ den schattigen Innenhof schnell hinter sich und kehrte auf die vom morgendlichen Sonnenlicht geflutete Hill Road zurück. Er setzte seine Sonnenbrille auf die Nase. Dann erst drehte er sich um und sah nach, wo Momo blieb. Sie waren mit zwei Autos gekommen, aber trotzdem wollte er sicherstellen, dass Momo ihm umgehend ins Büro folgte, weil er erstens mit der Terminlage nicht übertrieben hatte und zweitens nicht wollte, dass Momo sich weiter in diesem Haus verlor. Oder in irgendeiner Vision von diesem Haus, die er zu haben schien.

Toni konnte verrückte Ideen und seltsame Launen zu einer Zeit wie dieser, mit so vielen wichtigen Projekten in der Pipeline, nicht brauchen. Für gewöhnlich war auf Momo immer Verlass. Er war nicht nur ein guter Innenarchitekt, sondern auch richtig gut mit Menschen. Viel besser als Toni, der selbst wusste, dass er alt und grummelig war. Wenn es um netten Smalltalk ging, mit dem sich Leute um den Finger wickeln ließen, zählte er stets auf Momo. Der war dabei unglaublich erfolgreich. Nicht, weil ihm die soziale Komponente des Jobs Spaß bereitet hätte, sondern weil er wusste, wie er sich mit seinem Charme Vorteile verschaffen konnte. Im Privatleben dagegen, so wusste Toni, war Momo ein Einzelgänger. Toni ging davon aus, dass er eigentlich nicht viele Personen wirklich mochte. Er war sich nicht einmal sicher, ob Momo *ihn* überhaupt sonderlich gut leiden konnte oder ob er auch nur ein Mittel zum Zweck war.

Wie auch immer, Toni konnte sich damit abfinden. Schließlich war Momo der einzige Überlebende, wie Toni ihn heimlich nannte. Der Rest seiner Familie war nicht etwa bei einem Autounfall oder Flugzeugabsturz gestorben. Sie waren nicht einmal gleichzeitig umgekommen. Trotzdem waren sie jetzt alle tot, und Momo einer, der so viele Verlusterfahrungen durchgemacht hatte, dass Toni ihm die ein oder andere Macke verzeihen konnte.

Er selbst, Toni, war wohl das, was für Momo Familie noch am nächsten kam. Jedoch hätte er sich selbst nie angemaßt, sich wie ein echtes Familienmitglied oder gar als Ersatzvater aufzuspielen. Schließlich war er lediglich zwei Jahre mit Rose, Momos Mutter, zusammen gewesen – vor einer halben Ewigkeit. Er hatte dem damals 18-jährigen Momo nach Rose' Tod geholfen, sich wieder zu fangen und ihm etwas Starthilfe fürs Erwachsenenleben gegeben. Den Rest hatte Momo selbst geschafft. Toni bewunderte ihn dafür. Er selbst hatte fünf Brüder und keine Ahnung, wie es war, der einzige Überlebende zu sein. Manchmal erwischte Toni sich dabei, väterlichen Stolz für Momo zu empfinden. An diesem Vormittag hielt sich das Gefühl allerdings in Grenzen.

Wo steckte der junge Mann denn jetzt nur wieder? Verärgert darüber, dass Momo ihm nicht gefolgt war, kehrte Toni zur Eingangstür zurück. Dort stieß er beinahe mit ihm zusammen. »Was hast du denn noch da drin gemacht?«, raunzte Toni ihn an. »Nur ein bisschen über dies und das geplaudert. Du warst unhöflich, Toni«, gab Momo gereizt zurück.

3. DER JUNGE

An dem Tag, an dem er ihr zum ersten Mal begegnete, hatten sie beide Geburtstag. Noch nie hatte jemand ihn so angesehen wie sie. Der Blick aus ihren schmalen und sehr dunklen Augen war so durchdringend, dass er sich nicht traute, ihn zu erwidern. Dieses Starren hatte etwas Finsteres. Vielleicht lag das aber auch einfach an ihrem Gesicht, dachte er. Es lief so spitz zu, dass es ganz automatisch einen verkniffenen Eindruck machte. Sie konnte wahrscheinlich gar nichts dafür, dass sie so grimmig dreinsah. Aber, dass sie die ganze Zeit nur da bei der Kuchentafel stand und sich nicht den Spielen der anderen Kinder anschloss, daran war sie selbst schuld. So sah das zumindest Joanna. »Warum steht die da ganz allein rum? Ist die vielleicht blöd oder so?«, flüsterte sie dem Jungen zu. »Ne, bestimmt nicht«, gab er zurück. Er hatte das Gefühl, sie verteidigen zu müssen, da sie ja jetzt seine Schwester war. Aber er wollte selbst wissen, warum sie sich absonderte.

Er ging zu ihr hinüber und fragte: »Du, warum kommst du denn gar nicht rüber und sagst mal hallo zu allen?« Sie musterte ihn einen Moment, bevor sie antwortete. Dann sagte sie etwas, das er nie vergessen würde:

»Weil das Leben die Mühe nicht wert ist.«

»Wer sagt denn das?«, wollte er verwundert wissen. Da er den Satz nicht richtig verstehen konnte, nahm er an, dass sie ihn bei irgendeiner schlauen erwachsenen Person aufgeschnappt hatte. Natürlich war ihm damals noch nicht bewusst, wie alarmierend die Aussage war, ganz davon zu schweigen, wie seltsam es war, dass sie von einer Zehnjährigen kam. »Ich«, gab sie zurück. »Ich sag das.« Ihre Stimme war kaum mehr als ein Flüstern. »Okay, schon klar«, gab er zurück und nickte wissend, weil er nicht wie ein Trottel wirken wollte. »Magst du Kuchen? Ich kann die Brownies besonders empfehlen.« Sie senkte schüchtern den Blick, woraufhin er einfach einen Brownie auf einen Pappteller verfrachtete, den er ihr in die Hand drückte. Dann nahm er sie bei der anderen Hand, zog sie hinter sich her und kündigte an, sie den anderen vorstellen zu wollen. Sie ließ es geschehen, auch wenn sie dabei irritiert wirkte. Dieses erste an den Händen fassen, war nur der Anfang. Später würden sie sich nur noch »die Zwillinge« nennen und unzertrennlich werden.

Ihm fiel auf, dass die anderen Kinder die Nase rümpften, als er mit ihr ankam. Sie musterten sie von Kopf bis Fuß, erbarmungslos. Er wunderte sich, weil er so etwas selbst noch nie erlebt hatte. »Die hat ihre Haare gar nicht richtig gekämmt«, sagte Joanna im Flüsterton, aber so laut, dass es alle hören konnte. »Das Kleid, das die anhat, ist aber mehr als eine Nummer zu klein«, sagte Peter später mit einem Seitenblick. Während der Spiele mobbten sie das neue Mädchen, wann es nur ging, aber immer möglichst unauffällig. Sie warfen Bälle so, dass sie diese nicht fangen konnte oder stellten ihr – scheinbar versehentlich – ein Bein oder fielen ganz zufällig neben ihr hin, sodass sie unter ihren Rock gucken und dann kichern konnten. Dass sie das neue Mädchen mit dem finsteren Blick und dem nachlässigen Kleidungsstil überhaupt mitspielen ließen, lag wahrscheinlich nur daran, dass der Junge sie angeschleppt hatte. Ihn liebten sie nämlich alle – und er genoss es, sich an seinem Geburtstag in ihrer Aufmerksamkeit zu sonnen.

Später sollte mal ein Freund über die beiden sagen, dass er zu helles Licht und sie zu dunkler Schatten sei.

4. MORTIMER

Die Schlüssel klirrten melodisch in meiner Messengerbag. Für mich klang es wie eine geflüsterte Einladung und jetzt war der Moment gekommen, ihr zu folgen. Ich hatte das Büro nach einem langen Arbeitstag verlassen und stieg in den Pickup. Toni wusste nichts von den Schlüsseln in meiner Tasche. »Smalltalk«, hatte ich geantwortet, als er mich gefragt hatte, warum ich im Haus in der Hill Road herumgetrödelt hatte. In Wahrheit hatte ich Bill jedoch gebeten, mir das Objekt noch einmal in aller Ruhe ansehen zu dürfen, um Ideen zu entwickeln, mit denen ich es Toni vielleicht doch noch schmackhaft machen könnte. »Es hat so ein exzentrisches Potenzial, das mich reizt«, hatte ich erklärt. Ich hatte sie beide angelogen. Ich wusste, dass die Immobilie für uns völlig nutzlos wäre. Mehr noch.

Ein Haus wie dieses war eine gefährliche Falle, die ein Unternehmen wie Toni's Homedreams in den Ruin treiben konnte. Die Sanierung konnte sich leicht als Fass ohne Boden entpuppen und uns all unser Geld aus der Tasche ziehen. Schließlich gab es deutliche Anzeichen für Probleme mit der Statik. Da waren die Risse in der Fassade, das unsachgemäße Ausgleichen der entfernten tragenden Wand und schließlich der Fakt, dass der zweite Stock nie ausgebaut worden war – was zusätzlich noch darauf hinwies, dass während der Bauarbeiten das Geld ausgegangen war. Und das konnte wiederum bedeuten, dass es schon vorher knapp gewesen war, was meist zu billiger Stümperei führte. Da war der aktuell unzugängliche erste Stock vermutlich noch das kleinste

31

Problem. Ein Problem, von dem Toni gar nicht wusste, da ich mein Erlebnis vom Vortag lieber verschwiegen hatte.

Nein, ich wollte das Objekt Toni absolut nicht schmackhaft machen. Aber – und das mag jetzt seltsam klingen, ich kann es jedoch nicht besser erklären – ich hörte, wie das Haus nach mir rief. Ich hatte es im Traum nach mir rufen hören. Immer wieder. Die ganze Nacht. Ich war auf dieser Treppe gestanden und sie war endlos gewesen. Aber an ihrem oberen – oder in manchen Versionen, dem unteren – Ende, das ich nie erreichen konnte, hatte ich das erleuchtete Schlüsselloch gesehen. Das Schlüsselloch, das ich aus meiner Erinnerung kannte. Die Erinnerung, die in dem Haus geweckt worden war.

Die letzte Nacht war die Hölle gewesen. Es hatte sich angefühlt, als würde sie sich genauso unendlich langziehen wie die Treppe, die ich in den Träumen gesehen hatte. Wieder und wieder war ich aufgewacht. Schweißgebadet und zitternd. Meine Gedanken hatten im Übergang zwischen Traum und Realität gefährliche Wege eingeschlagen. Am Morgen war ich wie gerädert gewesen und hatte mich gefühlt, als ob ich mich wochenlang schlaflos herumgequält hatte, nicht nur sieben Stunden.

Die Gedanken mit zerstörerischem Potenzial, die im Halbschlaf in mir aufgekeimt waren, waren mir nicht fremd und ich wusste, dass ich sie nicht zulassen durfte. Ich musste sie im Keim ersticken – und um das zu erreichen, musste ich noch einmal zurückkehren in die 107 Hill Road. Alleine, in Ruhe meinen Frieden mit dem Haus machen. Mich davon vergewissern, dass es nur eine Bruchbude war und dass es nicht wirklich ein Wesen gab, das einen Blick in meine Seele geworfen hatte.

Ich funktionierte für gewöhnlich gut, aber nur, weil ich wusste, wie ich mich im Griff halten und Dingen ausweichen konnte, die etwas in mir triggerten. Das durfte sich jetzt nicht ändern. Also ignorierte ich die Stimme in meinem Kopf, die fragte: »Und was, wenn es doch echt war? Was, wenn das Haus dich wirklich ruft und du gerade genau das tust, was es will? Wenn du dich ihm auslieferst…?« Ich stieg ins Auto und drehte das Radio laut genug, um meine Gedanken zu übertönen. Nein, es war nur eine Bruchbude und wenn ich mich davon überzeugt hatte, würde ich wieder ruhig schlafen können. In der Therapie hatte ich gelernt, in den Schmerz hineinzugehen und mich meinen Ängsten zu stellen – und das hatte bisher immer funktioniert.

Dieses Mal nahm ich mir die Zeit für einen Smoothie-Zwischenstopp. Schließlich hatte ich keine Verabredung. Ob das bedeutete, dass ich niemandem begegnen würde, wusste ich nicht. Ich hatte nach wie vor keinen blassen Schimmer, wer der Mann auf der Terrasse gewesen war und was er dort getrieben hatte. Bill hatte nur diese Künstlerin, Maureen West, namentlich erwähnt. Gleichzeitig hatte er aber auch von »früheren Besitzern« gesprochen. Mehrzahl. Ich hatte keine Zeit gehabt, weiter nachzuhaken oder selbst zu recherchieren. An diese Maureen West wollte ich auch eigentlich gar nicht denken. An sie und ihr fahles Pferd. Der Aspekt störte nämlich meine Theorie von der Sinnestäuschung. Denn es war schon ein großer Zufall, dass diese Halluzination ausgerechnet ausgesehen hatte wie das Wesen auf dem Bild, das Maureen berühmt gemacht hatte. Dieser Fakt fühlte sich an wie ein lästiger Spreißel in der Fußsohle. Doch vermutlich lag die Erklärung einfach in meinem Unterbewusstsein: Ich hatte irgendwo schon mal von Maureen und dem Pale Horse gehört, ihr Haus auf einem Foto gesehen. Mein schmerzgeplagtes Hirn hatte die Verbindung zwischen Maureen, dem Gebäude und dem Bild hergestellt und ein seltsames Trugbild erzeugt.

Ich schlürfte meinen Smoothie, während ich mich im zähen Feierabendverkehr voranschob: Kaktusfeige, Banane, Papaya und Gurke, verfeinert mit einer Prise Bourbon-Vanille. Salsola Springs-Lifestyle pur.

Schließlich kam ich an und parkte an derselben Stelle wie am Tag zuvor. Dann tauschte ich die Schuhe, die zu meinem Business-Outfit gehörten, gegen staubige Sneakers, die immer im Kofferraum lagen. Mein Weg würde wieder über die Terrasse führen, denn in diesem Bereich des Hauses musste ich mich meinen Ängsten stellen. Also ging ich um das Haus herum und stieg mit einem flauen Gefühl in der Magengrube die Betonstufen empor. Mir wurde klar, dass ich mich vor meiner Ankunft keinen Moment lang gefragt hatte, ob ich es überhaupt wagen würde, das Gebäude noch einmal ganz alleine zu betreten. Ich war Mortimer Mitchell, der in seinen 37 Jahren auf dieser Welt schon alles Mögliche gesehen hatte. Als jedoch die Erinnerungen im goldenen Licht der Abendsonne zurückkehrten, bröckelte meine Selbstsicherheit. Es wurde nicht besser, als die Terrasse in mein Blickfeld geriet. Wo waren all die Vorhänge? Die transparentweißen Bahnen, die die Szenerie eingerahmt hatten – Sie fehlten. Zurückgeblieben waren nur die rostigen Metallgerüste, an denen sie aufgehängt gewesen waren und die jetzt wie Gerippe aus dem Boden ragten. Ich hatte einige Mühe, die niedrige Gartentür zu öffnen. Erstens, da sie schief in den Angeln hing und klemmte, zweitens, weil meine Finger zitterten.

Ich trat ein und sah mich gehetzt um, konnte aber niemanden weit und breit sehen. Dafür erkannte ich, dass die mediterranen Pflanzen in den großen Terracotta-Töpfen allesamt so vertrocknet waren, dass sie vermutlich bei bloßer Berührung zu Staub zerfielen. In meiner Erinnerung dagegen waren sie frisch, grün und gesund gewesen. Sie konnten unmöglich von gestern auf heute völlig eingegangen sein. Ich schrieb die falsche Erinnerung erneut den Kopfschmerzen zu – und die fehlenden Vorhänge setzte ich auf die Rechnung des Fremden, der mir am Vortag hier begegnet war. Jetzt wusste ich, was er war: ein hinterhältiger Vorhangdieb. Okay, das klang lächerlich, aber ich beschloss, das Ganze nicht zu hinterfragen, denn ich wollte meinen Plan in die Tat umsetzen und mit der Sache abschließen. Als ich dem Weg aus großen Steinplatten zur Haustür folgte, ging ich an den zwei kleinen ovalen Pools vorbei und stellte fest, dass sie komplett ausgetrocknet waren. Nur ein rötlicher Algenfilm auf den gesprungenen Fliesen zeugte noch davon, dass sie früher einmal mit Wasser gefüllt gewesen waren.

Ich beschloss, auch darüber nicht nachzudenken und ging schnell weiter zur Tür, gespannt, herauszufinden, ob sie wohl abgeschlossen war oder nicht. Ich packte den runden Griff und zog ganz vorsichtig daran. Die Tür bewegte sich nur ein kleines Stück und stieß dann an. Sie war tatsächlich verschlossen. Besaß der mysteriöse Mann, dem ich am Vortag begegnet war, einen Schlüssel? Oder war Bill nach unserem Aufbruch hinaufgegangen und hatte die Tür abgeschlossen? Nun war es jedenfalls Zeit, den Schlüsselbund herauszuziehen, der sich den ganzen Tag in Tonis Gegenwart wie eine Bombe in meiner Tasche angefühlt hatte. Ich versuchte herauszufinden, welcher der Schlüssel für diese Tür war. Der mittelgroße, runde, mit dem grünen Plastikgriff, passte. Ich entriegelte die Tür und zog sie dann ganz langsam und möglichst lautlos auf, um nur niemanden aufzuschrecken; für den Fall, dass der Vorhangdieb noch da war. »Hallo?«, wollte ich durch den dunklen Flur rufen, aber meine Stimme gehorchte mir nicht und heraus kam nur ein zarter Hauch, ein leises Flüstern. Ich nahm mich zusammen, holte tief Luft und sagte etwas lauter: »Hallo? Ist jemand hier?« Dann zog ich die Taschenlampe aus meiner Messengerbag. Dieses Mal war ich vernünftig für die Besichtigung ausgestattet. Ich knipste sie an und ließ ihren Strahl durch den Flur und über die merkwürdige Treppenkonstruktion wandern. Fast hatte ich vermutet, dass ich mir diese auch nur eingebildet hatte, aber sie war noch da. Dieser Teil meiner Erinnerung hatte mich also nicht getrogen.

Bei genauem Hinsehen zeichnete sich auf der Wand dahinter ein helles, unebenes Viereck ab. Vermutlich der frühere, inzwischen versiegelte Zugang zu den Räumen des ersten Stocks. Das Geschoss war komplett abgeriegelt worden. Warum nur? Mir kamen Bills Worte in den Sinn: »Eine verrückte Künstlerin«. Hatte Maureen West hier drin etwa auch Geister gesehen? Hatte sie versucht, sie im ersten Stockwerk gefangen zu halten? Hatte Maureen sie gemalt? Die Erinnerung an das Pferd mit dem Frauenkopf verursachte eine Gänsehaut. Mein gewohnt rationaler Gedankenfilter schien an diesem Ort unwirksam zu sein.

Ich beschloss, mich zusammenzunehmen und bemühte meine Stimme, um ein etwas lauteres »Hallo« die Treppe hinaufzuschicken. »Ich bin zu einer Besichtigung hier. Mortimer Mitchell, aber alle nennen mich Momo«, fügte ich hinzu. Ich war mir selbst nicht sicher, ob ich zu einer möglicherweise anwesenden Person sprach oder mich selbst daran erinnerte, wer ich war und dass ich ein Profi war. Während ich meine ersten Schritte auf der wackligen Treppe machte – denn auch ihren Zustand hatte ich richtig in Erinnerung – sprach ich einfach weiter: »Ich arbeite für Toni's Homedreams. Wir möchten das Haus eventuell kaufen und renovieren.« Meine Lügen wurden mit Stille abgestraft. Da war nur das Knarren des Holzes unter meinen Schuhsohlen. Wegen der Taschenlampe in meiner rechten Hand, konnte ich mich nur mit der linken am Geländer festhalten. Ich stieg langsam immer höher in die Galerie hinauf. Von dort aus ging es durch eine bogenförmige Wandöffnung in einen großen Raum. Ich beeilte mich, wieder festen Boden unter die Füße zu bekommen.

Oben angekommen, musste ich erst mal kurz in die Hocke gehen. Mir war schwindlig vom Aufstieg und auch, weil die Galerie nicht von einem Geländer begrenzt wurde. So weit war der Ausbau wohl nie fortgeschritten. Bill hatte gesagt, dass dieser zweite Stock eigentlich ursprünglich mit dem ersten zu einer großen Wohneinheit hätte verschmelzen sollen. Eine Wohnung über zwei Etagen, samt Terrasse, darunter zwei kleine Apartments. Womöglich waren diese zur Vermietung und die große Wohnung für die Eigentümerfamilie gedacht gewesen. Doch alles war anders gekommen und jetzt gab es hier nur nackte, unverputzte Wände und einen Innenarchitekten, der nicht wagte, aufzustehen. Ich ließ lieber zunächst einmal den Lichtkegel der Taschenlampe im angrenzenden Raum hin- und herwandern. »Ist da jemand?«, fragte ich noch einmal, meine Stimme wieder nur ein Flüstern. Es war nicht so, dass ich etwas gehört hatte, das mich nervös gemacht hätte. Genau das Gegenteil machte mich nervös. Dass nichts zu hören war. Kein Rascheln, kein Knacken, kein Straßenlärm, kein Windsäuseln. Absolute Stille. Im Licht der Taschenlampe war ebenfalls nichts zu sehen. Nur ein leerer großer Raum. Langsam rappelte ich mich auf. Meine Blase meldete sich auf einmal. Warum musste ich ausgerechnet jetzt pinkeln? Ich schrieb es der Nervosität und dem Smoothie zu. Schlechte Kombination.

Egal, das würde nun warten müssen. Ganz langsam ging ich auf den angrenzenden Raum zu und setzte meine Tritte vorsichtig, um die Stille nicht zu durchbrechen. Es handelte sich um ein weitläufiges Zimmer. Unverspachtelte Gipskartonplatten beherrschten das Blickfeld, der Putz fehlte. Aber irgendjemand hatte alle Fenster mit Stoff verhängt und vor meinen Füßen lag ein großer Perserteppich. An einer Wand lehnte eine Spanplatte. Auf der gegenüberliegenden Seite zweigte ein weiterer Türdurchgang von diesem ersten Raum ab. Auch dieser war mit Stoff verhängt. Der provisorische Vorhang war, soweit ich es von meiner Position aus erkennen konnte, einfach an die Wand genagelt worden. Ich trat auf den weichen Teppich. Im nächsten Moment erschrak ich. Irgendwie begriff mein Hirn im letzten Moment, was los war und meine Impulse verhinderten das Schlimmste. Ich warf mich zur Seite und prallte hart auf den Boden. Die Taschenlampe flog mir aus der Hand, schlug ein Stück entfernt auf und erlosch augenblicklich. Ich war in Dunkelheit gehüllt. Mein Herz raste. Der Boden hatte unter mir, unter dem Teppich, nachgegeben. Der Perser hatte ein Loch verborgen und ich war hineingetreten und wäre beinahe hindurchgefallen – in den mysteriösen ersten Stock.

»Scheiße«, murmelte ich in die Finsternis. Mein Arm und meine Schulter, auf denen ich gelandet war, taten verdammt weh. Langsam gewöhnten sich meine Augen an die Dunkelheit. Der gemusterte Stoff vor den Fenstern war nicht ganz blickdicht und ließ ein wenig fahles Licht hinein. Ich sah zu der Spanplatte hinüber, die da an der Wand lehnte und begann auf einmal, hysterisch zu lachen. Ich zog den Teppich über dem Loch weg und erkannte, dass es ungefähr die Ausmaße der Platte hatte. Sie war sicher früher mal an dieser Stelle gelegen. Eine Treppe oder nein, eine Leiter, hatte früher von dem Durchbruch aus nach unten geführt. Ich konnte die Aufhängung erahnen, von der Leiter konnte ich aber weder etwas sehen, noch ertasten. Es war einfach zu dunkel. Ich nahm einen unangenehmen Geruch wahr, der von unten zu mir aufstieg. Es roch nach feuchten Wänden, Schimmel.

Ich stand auf, versuchte die Schulter kreisen zu lassen, was ich aber gleich wieder sein ließ, weil es so wehtat. Dann hob ich die Taschenlampe auf, drückte mehrmals den Einschaltknopf, schüttelte sie und klopfte darauf herum, doch sie wollte mir einfach kein Licht mehr spenden. »Scheiße«, murmelte ich erneut, ging zu einem der Fenster hinüber, griff nach dem Stoff und zog daran. So einfach ließ er sich aber nicht entfernen. Wie es aussah, war er – genau wie der Vorhang vor dem Türdurchgang – an der Wand festgenagelt. Mein Handy fiel mir ein. Natürlich. Ich zog es aus der Tasche, stellte beruhigt fest, dass es keinen Schaden genommen hatte und aktivierte die Taschenlampenfunktion. Mit der echten Lampe war das nicht zu vergleichen, aber es musste nun eben ausreichen. Ich bildete mir ein, die Lichtfunktion des Handys wäre früher einmal wesentlich stärker gewesen, musste aber auch zugeben, dass ich das Telefon nicht immer pfleglich behandelt hatte.

Ich ging zurück zu dem Loch im Boden, ließ mich auf die Knie sinken und leuchtete hinunter. Viel konnte ich nicht erkennen. Der Raum unter mir sah aber aus wie ein ehemaliges Wohnzimmer, das jetzt als Abstellkammer diente. Da waren viel zu viele Möbel, unter anderem ein sehr massiver Schrank, der mitten im Raum stand. Und das – War das etwa eine Leiter? Ja, tatsächlich. Sie lag unterhalb der Öffnung, durch die ich hindurchschaute, sah aber nach einer gewöhnlichen Baumarktleiter aus, nicht nach dem Modell, das ursprünglich fest an der Aufhängung angebracht gewesen war. Und sie war kaputt. Zwei Einzelteile. Mutwillig zerstört? Was bedeutete das? Nun, vermutlich war die originale Treppe entfernt und das Loch im Boden mit einer Platte verschlossen worden. Später war jedoch jemand mithilfe einer anderen Leiter hinuntergestiegen. Das klang logisch. Womöglich waren das Bills Leute gewesen. Was sie dort unten wohl vorgefunden hatten? Die Redensart »to have a skeleton in the closet«, also eine Leiche im Schrank haben, kam mir in den Sinn. Das musste an dem Geruch liegen. Mehr als nur Schimmelgestank. Eine modrige, gärige Note. Würde Bill uns auch ein Haus mit einer Leiche im Schrank verkaufen? Ich zweifelte kaum daran. Doch ich wollte es lieber nicht so genau wissen und den ersten Stock und seinen Gestank einfach ignorieren.

Stattdessen richtete ich mich auf und zog den Teppich wieder über das Loch, damit ich es nicht länger sehen musste. Mir wurde bewusst, dass Bill mich nicht vor dieser gemeinen Falle gewarnt hatte. Ich schüttelte den Kopf und schaute über die Schulter zur Türöffnung zurück. Hatte ich mein Ziel nicht bereits erreicht? Ich war die Treppe hinaufgestiegen, hatte einen Blick in das nicht ausgebaute Stockwerk geworfen und nichts Übernatürliches gesehen. Das Haus war entzaubert, oder etwa nicht? Ich konnte gehen. Warum tat ich es dann nicht?
Da war ein unergründliches Gefühl, das mich an Ort und Stelle hielt. In dem Moment konnte ich es nicht be-

greifen. Ich hatte auf einmal den Eindruck, eine unsichtbare Hand habe die meine ergriffen. Und das war nicht unangenehm, nicht unheimlich. Es war nicht so, wie ich mir eine Geisterhand vorstellen würde: eisig und fremd. Ganz im Gegenteil. Es war ein warmes vertrautes Gefühl. Die Angst wich von mir und ich ließ mich von der Hand führen. Sie leitete mich zu dem provisorischen Vorhang. Wartete dahinter jemand? Auf mich? Auf einmal konnte ich die unsichtbare Hand nicht mehr spüren. Ich war wieder alleine und sehnte mich sofort nach einer Person, die mich führte und mir versicherte, dass alles gut werden würde.

Dass das alles völlig verrückt war, bemerkte ich in dem Moment nicht. Ich verspürte nur das dringende Bedürfnis, einen Blick hinter den Vorhang zu werfen. Das Licht des Handys war auf die Stoffbahn gerichtet. »Hallo?«, sagte ich zum x-ten Mal mit leiser, brüchiger Stimme. Sie kam mir vor, wie die Stimme eines kleinen Jungen. Als ich den Arm hochnahm, um den Stoff anzuheben, wurde er von Schmerz durchfahren. Womöglich war ich so dumm gefallen, dass ich meinen Arzt würde konsultieren müssen. Doch daran war jetzt nicht zu denken. Mein Bedürfnis, einen Blick hinter den Vorhang zu werfen, war so stark wie meine Angst davor. Langsam und klopfenden Herzens lüftete ich den Vorhang und streckte die Hand mit dem Handy aus, um dahinter zu leuchten. Der Lichtkegel tanzte auf und ab, weil ich zitterte.

Erneut gab es gar nicht viel zu sehen. Ein kurzer Flur grenzte an das große Zimmer. Nach links und rechts zweigte je eine Türöffnung ab. Auch hier war alles dunkel. Ich war beruhigt, aber gleichzeitig auch enttäuscht. Scheinbar war dies tatsächlich nur ein unbelebter leerer Ort, der nie wirklich genutzt worden war. Hier gab es nichts Übernatürliches, kein Wesen, das in meine Seele geblickt hatte und mir eine Nachricht zukommen lassen wollte.

Ich drehte mich nach links, um das Zimmer auf dieser Seite zu betreten. Noch in der Drehbewegung machte ich einen Satz und schrie auf. Licht! Eine Gestalt. Die Silhouette eines Mannes! Beinahe hätte ich nach der Taschenlampe auch noch mein Handy fallenlassen. Aber das Licht war mit mir in die Luft gesprungen. Der Mann war mit mir in die Luft gesprungen. Der Mann war ich. In einem Spiegel. Da war kein Licht, nur die Reflektion auf der Oberfläche. In dem Zimmer, das ich gerade hatte betreten wollen, war ein mannshoher Spiegel an die Wand gelehnt. Daneben befand sich etwas, das mir mehr zu denken gab: ein Kleiderhaufen. Und da: ein Nachtlager, bestehend aus einer dünnen Schaumstoffmatratze und einem aufgewühlten Schlafsack. Ein flüchtiger menschlicher Geruch schwebte noch im Raum. Oder bildete ich mir das nur ein; den leichten Hauch von Körpergeruch, vermischt mit fruchtigem Parfum?

Ich wollte mir gerade den Kleiderhaufen näher ansehen, als mir etwas anderes auffiel. Der Spiegel war zu etwa zwei Dritteln von Staub befreit worden. Unten war das Glas noch von einer flaumigen Schicht besetzt. Die Spuren von Fingern waren sichtbar. Jemand hatte Worte in den Staub geschrieben: »Hast dir den Kopf rasiert«. Ich blickte von den Worten zu meinem Spiegelbild, dem fassungslosen Gesicht, über dem sich nur millimeterkurze Stoppeln befanden. Dann stieß meine Kehle auf einmal einen tiefen Schrei aus, ohne dass ich es verhindern konnte, und meine Faust holte wie von selbst aus und schlug mitten in mein Gesicht. Ich meine, in das Gesicht meines Spiegelbildes. Ein spitzer Schmerz fuhr in meine Fingerkuppen. Risse zogen sich durchs Glas, rund um meine Faust, wie Spinnenbeine. Splitter durchbohrten meine Haut. Während ich fühlte, wie das Blut durch meine Finger rann, brüllte ich erneut los. Aber mitten in meinem Schrei sah ich, wie sich mein Spiegelbild verändert. Es war, als wäre eine Maske darübergelegt worden, von der graue Farbe abblätterte. Ich wollte nach meinem Gesicht greifen, war aber wie gelähmt. Meine aufgerissenen Augen hatten eine andere Farbe angenommen. Dunkel. Es war, als wäre da eine andere Spiegelung, die meine überlagerte. Auch meine Arme wirkten grau und porös und auf einmal sah ich, wie sie erhoben wurden, obwohl ich spürte, dass sie schlaff an meinem Körper hinabhingen. Dann erkannte ich, dass es ein weiteres Paar Arme war. Aus meinen Armen, die herunterhingen, kamen zwei weitere heraus, grau, dürr und faltig. Sie hoben sich in Richtung meines Gesichts. Ich fühlte, wie mein Kiefer zusammengedrückt wurde. Eiskalte Finger. Ich versuchte, mich zu wehren, doch sie waren zu stark und meine eigenen, meine normalen Arme, immer noch nicht zu gebrauchen. Sie hingen nur so herunter. Ein dumpfes hilfloses Grollen drang durch meine verschlossenen Lippen.

Ich starrte mein Spiegelbild panisch mit den Augen an, die nicht meine eigenen waren. Ich spürte die kalten Finger, die meinen Kiefer wie Schraubzwingen geschlossen hielten, aber im Spiegel waren sie nur noch undeutlich zu sehen. Wie auf einem verwackelten Foto. Auf einmal war da etwas auf meiner Zunge. Eine Tablette, nein Tabletten, viele Tabletten, die einen pulverigen Film auf meinen Schleimhäuten hinterließen. Ich wollte den Mund aufreißen und sie ausspucken, wehrte mich gegen die kalte Geisterhand, aber ich konnte mich nicht bewegen. Ich konnte spüren, wie das Blut an den Fingern meiner verletzten Hand herunterlief. Der Arm blieb weiterhin völlig unbeweglich und gehorchte nicht meinem Wunsch, sich zu bewegen und zu wehren.

Auf einmal wurde mir der Kopf in den Nacken gedrückt. Die kalten Finger drückten von unten gegen mein Kinn. Mein Hinterkopf wurde ebenfalls gepackt. Ein verzweifeltes »Mhm, mhm« entwich meinen verschlossenen Lippen, aber es half nichts. Mein Kopf wurde erbarmungslos nach hinten gezwungen und all die Tabletten rutschten in meinen Rachen. Meine Augen tränten. Ich musste husten, konnte aber den Mund immer noch nicht öffnen.

Dann wurde der kalte Griff auf einmal gelockert, verschwand gänzlich. Ich fiel keuchend und spuckend auf die Knie, versuchte, die Tabletten herauszuwürgen. Schließlich steckte ich mir den Finger in den Rachen und spie im Strahl auf den Kleiderberg vor mir. Als nichts mehr kam, krümmte ich mich zusammen und weinte. Ich wusste nicht, was soeben geschehen war, aber alles war falsch. So falsch. Irgendwann nahm ich den Schmerz in meiner verletzten Hand wahr und wusste, dass es höchste Zeit war, sie zu verarzten. Ich versuchte, mich auf meine Atmung zu konzentrieren, so wie ich es gelernt hatte. Sie beruhigte sich allmählich und ich murmelte:

»Alles gut. Ich bin okay. Ich bin in Ordnung. Es ist in Ordnung. Ich komm damit klar. Ich komm klar.« Das Mantra, das ich während der Jahre so oft wiederholt hatte.

Die in den Staub geschriebenen Worte waren jetzt genau auf Höhe meines Gesichtes. Sie waren an mich gerichtet. Sie mussten an mich gerichtet sein. Das hier – Es fühlte sich persönlich an. Das Haus hatte tatsächlich nach mir gerufen, und allmählich dämmerte mir, dass ich diesem Ruf blindlings gefolgt war. Mit der Ausrede, das

Haus entzaubern zu wollen, hatte ich mir nur etwas vor-gemacht. Ich vergrub die blutige Faust im Stoff meines Hemdes und spürte, wie sich kleine Splitter in den Wun-den bewegten. Dabei wurde mir bewusst, dass ich mich im ersten Moment selbst nicht erkannt hatte, als ich mich zu dem Spiegel umgedreht hatte. Ich hatte den Mann, der mir entgegengestarrt hatte, zuerst für einen Fremden ge-halten. Den Mann mit dem kurzgeschorenen Haar.

5. DER JUNGE

Er kam in ihr Zimmer gerannt, schlug die Tür hinter sich zu und lehnte sich dagegen. Sie schaute von ihrem Bild zu ihm auf. Sie hatte auf dem Boden sitzend gezeichnet. Ihre Augen fragten: »Warum störst du mich?« Er ließ sich vor ihr auf die Knie fallen und flüsterte: »Ich glaube, jemand ist im Haus.« »Ja... Du und ich«, sagte sie. »Noch jemand«, sagte er. Es war bereits spät am Abend und seine Mutter, nun auch ihre Mutter, hatte ein wichtiges Firmenevent und würde erst nach Mitternacht zurück sein. Oder war es eine Konferenz? Der Junge wusste es nicht genau, denn es waren zu viele Meetings, Events, Konferenzen, Arbeitsgruppen und Geschäftsreisen. Wenn er sich beschwerte, erinnerte sie ihn daran, dass sie nur deshalb in einem so schönen Haus wohnen und sich hübsche Dinge leisten konnten.

Eigentlich hätte die Mutter sich problemlos jemandem zum Babysitten leisten können. Früher hatte sie Teenager aus der Nachbarschaft dafür engagiert, aber sie fand, dass der Junge mit seinen 10 Jahren zu alt dafür war – und als sie ihn gefragt hatte, hatte er das bestätigt. Sie hatte nicht darüber nachgedacht, ob er das nur gesagt hatte, um tapfer zu sein. Faule Teenager dafür zu bezahlen, dass sie auf der Couch herumlungerten und telefonierten, ging der Mutter sowieso gegen den Strich.

Als an dem einen Abend ein Jahr zuvor etwas Unvorhergesehenes passiert war, hätte ein fauler Teenager auf der Couch auch nichts genutzt. Vielleicht hätte das die Sache sogar noch viel schlimmer gemacht.

Ob der Junge sich seither fürchtete, wenn er alleine bleiben musste, darüber hatte die Mutter sich keine Gedanken gemacht. Sie verstand nicht viel von Kindererziehung und hatte auch kein Interesse daran, das zu ändern. Sie fand, dass es ganz gut lief. Kinder waren eigentlich nicht in ihrem Lebensplan vorgekommen und zu dem Mann, der sie geschwängert hatte, hätte sie niemals »in guten wie in schlechten Zeiten« gesagt. Sie hatte trotzdem beschlossen, den Jungen zu bekommen und kümmerte sich ganz alleine um ihn, ohne dass sie ihre Karriere dafür aufgegeben hätte oder eine Vernunftsehe eingegangen wäre. Darauf war sie stolz.

»Wie meinst du?«, flüsterte das Mädchen und schob die Stifte beiseite. »Ein Einbrecher?« Er nickte heftig. »Warum denkst du das?«, wollte sie wissen. Sie wirkte völlig ruhig. »Ich hab was gehört«, sagte er tonlos. »Was denn? Hat jemand eine Scheibe eingeschlagen? Oder die Tür geknackt?«, hakte sie weiter nach. »Nee, aber pssst. Da ist es wieder«, sagte er, einen Finger an den Lippen. Sie lauschte angestrengt und erklärte dann: »Das ist doch bloß der Wind. Einbrecher gibt es nur im Film.« »Nein, das stimmt nicht!«, widersprach er. Ein lautes Knacken ließ ihn an ihre Seite hasten. »In unser altes Haus ist mal einer eingebrochen«, wisperte er. »Oh«, machte sie. »Und du warst im Haus?« Er nickte. »Allein?« Er nickte wieder. »Aber dir ist nichts passiert?«, fragte sie, und er bildete sich ein, Besorgnis in ihrer Stimme zu hören. Das gefiel ihm. Er schüttelte den Kopf. »Ich hab geschlafen. Hab das gar nicht gemerkt. Aber die Polizei war danach da und jetzt weiß ich, dass ein Einbrecher da war und dass er mich… Er hätte mich umbringen können.« Die letzten Worte hauchte er nur so dahin.

Sie wirkte einsichtig, aber völlig ruhig und erklärte: »Dann sollten wir jetzt lieber in den Geheimgang gehen.« »Den Geheimgang?«, fragte er verwundert. Sie sah ihn an, als ob er dämlich wäre und fragte: »Ja, wo ist er?« »Äh, ich glaube nicht, dass es hier einen gibt«, stammelte er. »Quatsch. Jedes Haus hat mindestens einen«, widersprach sie. »Wirklich?«, gab er erstaunt zurück. »Natürlich«, sagte sie augenrollend. »Das weiß doch jedes Kind.« »Hatte euer Haus früher denn einen?«, wollte er wissen. »Klar. Der war ganz niedrig und hinter so einem Gitter. Man konnte ganz weit gehen, um eine Kurve und in einem anderen Raum wieder rauskommen.« »Ein Lüftungsschacht«, stellte er fest. »Ne, ein Geheimgang. Sonst wäre es ja kein geheimer Gang«, antwortete sie genervt. Erneut war ein Klappern zu hören. »Okay, dann müssen wir diesen Geheimgang wirklich finden«, sagte er.

Sie stahlen sich aus dem Zimmer und schlichen auf ihrer Suche durch das ganze Haus, immer auf der Hut, falls doch ein Einbrecher da war. Schließlich wurden sie fündig – und das war nur ihrer Erfahrung mit Geheimgängen zu verdanken. Er hätte das Versteck niemals bemerkt. Auf dem Dachboden stand ein hoher tiefer Schrank. Seine linke Seite beherbergte eine Kleiderstange, auf der alte Jacketts hingen. Darunter lag dicke Bettwäsche. Auf der rechten Schrankseite waren Schubladen, in denen muffige Textilien wie Spitzenvorhänge und Tischläufer lagerten. Doch sie hatte bemerkt, dass die Schubladen nicht die gesamte Schranktiefe ausfüllten. Man konnte über die linke Seite in das Möbelstück hineinsteigen, zwischen den Jacketts verschwinden und nach rechts durchkriechen, hinter die Schubladen. Dort war genug Platz, um es sich zu zweit bequem zu machen.

Sie zogen eine dicke Daunendecke herüber, um weicher sitzen zu können. Die Schranktüre hatten sie hinter sich geschlossen. Nun saßen sie in der völligen Dunkelheit, Schulter an Schulter, die Beine angezogen, die Rücken an die Wand gelehnt. Vom Wind war hier nichts zu hören. »Gar nicht schlecht«, stellte er fest. »Du hast recht, Geheimgänge bringen's total.« Sie nahm seine Hand. Warm in der Dunkelheit.

6. MORTIMER

Ich checkte die Uhrzeit auf dem Handydisplay und zögerte, obwohl ich bereits zu spät dran war – zum ersten Mal in den sieben Jahren, die ich bereits für Toni arbeitete. Mein Blick fiel auf meine Reflektion im Schaufenster eines Cupcake-Ladens; die verbundene Hand, die blutunterlaufenen Augen. Heute hatte ich mich gar nicht erst bemüht, die dunklen Schatten zu kaschieren. Ich strahlte Erbärmlichkeit aus und daran war nichts zu ändern. Allerdings trug ich über dem Hemd eine offene Jeansjacke, um die blauen Flecken an meinem Arm – dem anderen Arm, dem mit der unverletzten Hand – zu verbergen. Die, die ich mir bei meinem Hechtsprung zugezogen hatte, der mich davor bewahrt hatte, in der 107 Hill Road ein ganzes Stockwerk hinunterzustürzen.

Ein Passant, der in sein Smartphone vertieft war, prallte gegen meinen Rücken. Der Mann, der es offensichtlich eilig hatte, hatte mich in die richtige Richtung gestoßen. Eine Straßenecke weiter befand sich das Büro, aber trotz des Schubsers schaffte ich es nicht, mich von meinem Spiegelbild in der Scheibe zu lösen. Erinnerungen prasselten auf mich ein: an den Mann, den ich am Vortag im Spiegel gesehen hatte, an den Jungen, der sich in einem Schrank versteckt hatte, an den jungen Mann, der sich das Haar geschoren hatte, um zu vergessen. Mir wurde klar, dass ich nicht einfach zur Arbeit gehen konnte, obwohl der Job das war, das mich immer über Wasser, immer auf der gesunden Seite, gehalten hatte. Aber heute konnte ich nicht mit einer halben Stunde Verspätung eintrudeln und gute Miene zum bösen Spiel machen. Ich musste mich krankmelden – und zunächst redete ich mir ein, dass es nur zum Selbstschutz war und nicht, weil es mich schon wieder zu dem Haus zog, das ich am Vortag fluchtartig verlassen hatte.

Eine knappe Stunde später stand der Pickup wieder in der Hill Road, obwohl ich nicht wusste, was ich da eigentlich wollte. Es war keine 24 Stunden her, dass ich mich vom nackten Betonboden vor dem staubigen Spiegel aufgerappelt und mir geschworen hatte, nie wieder zurückzukommen. Auf dem Weg zurück zur Terrassentür hatte ich die ganze Zeit gemeint, Blicke in meinem Rücken zu spüren. In das Knarzen der Stufen hatten sich Geräusche gemischt, die nach einem Lachen geklungen hatten. Wann immer ich aber hektisch über die Schulter geschaut hatte, war da niemand gewesen.

Ich beobachtete die schmutzige Hausfassade durch die Frontscheibe und konnte ihn wieder hören: den Ruf, der keine Stimme brauchte. Wessen Ruf war es? Der von Maureen West? Ich hatte von Bill inzwischen erfahren, dass sie tot war. Das Haus hatte er von einem Erben namens Jason Brandsted erworben. Dieser hatte es nach etwa zehn Jahren verkauft und vorher offensichtlich links liegenlassen. Bill hatte meine Frage nach dem Vorbesitzer ziemlich merkwürdig gefunden, aber das Internet hatte mir nichts über Maureens Verbleib geliefert. Sie war scheinbar während der letzten Jahre in Vergessenheit geraten. Ihren großen Durchbruch hatte sie im Jahr 2005 gefeiert. Damals waren der Internet-Journalismus und Social Media noch nicht so groß gewesen und Maureen hatte den Medienrummel offenbar gescheut. Es gab kein einziges Interview mit ihr. Ich hatte hauptsächlich wissen wollen, ob sie noch lebte und die 107 Hill Road selbst veräußert hatte. Nun wusste ich, dass sie tot war. Die Suche nach Jason Brandsted, ihrem

Erben, hatte mich zu einem Unternehmensberater geführt. Das Foto auf seiner Homepage schien »Erfolg, Erfolg, Erfolg« durch die schneeweißen Zähne zu hauchen. Er war definitiv nicht der Typ, den ich auf der Terrasse getroffen hatte. Überhaupt passte er nicht zu diesem Haus. Wenn ich ihn mir hier vorstellte, wirkte er wie ein Fremdkörper. Typen wie er wohnten entweder im Zentrum, im Parkviertel oder in einer Villa im unteren Bereich der Chollas. Dort, wo die weiße Betonmauer in der Sonne leuchtete und die Gehsteige intakt waren.

Ich trommelte auf dem Lenkrad herum. Nun, selbst wenn – und das war ausgemachter Blödsinn – aber selbst wenn Maureens Geist in diesem Haus spuken sollte: Was wollte sie dann von mir? Warum sollte sie sich für meine Vergangenheit interessieren? Als sich die Frage in meinem Kopf formierte, verzog ich das Gesicht. In meinem Hirn kämpften zwei Stimmen miteinander. Eine, die mir sagte, dass das, was ich in dem Haus wahrnahm, real und nicht wegzudiskutieren war. Und die andere, die sagte: Bullshit. Du hast Besseres zu tun. Sich einzubilden, dass Geister existierten, ist was für Spinner, die nichts anderes haben.

Als Kind hatte ich manchmal Spukhausgeschichten gelesen, aber von solchem Unsinn wollte ich schon lange nichts mehr wissen. Die Toten sollten lieber begraben bleiben. Das hatte ich in dem Moment für mich festgehalten, in dem ich meine langen Haare abrasiert und beschlossen hatte, die Vergangenheit endgültig hinter mir zu lassen. Sie waren zu Boden gefallen und ich war ein neuer Mensch geworden.

Seit ich bei Toni angefangen hatte, hatte ich es mit so einigen Gotik-Bauten zu tun gehabt, die glaubwürdige Gruselfilmkulissen abgegeben hätten. Wir hatten sogar mal eine Immobilie mit krasser Ähnlichkeit zu Norman

Bates' Zuhause renoviert. Als ich davorgestanden war, hatte ich einmal kurz schlucken müssen, aber kaum hatte ich es betreten, war es nur noch ein Projekt gewesen wie jedes andere. Es war darum gegangen, den alten Mief mit angesagtem Shabby-Charme zu bekämpfen.

Die gradlinige Silhouette des Hauses in der 107 Hill Road passte dagegen gar nicht in meine Klischeevorstellung von einem Spukhaus – und doch war es das erste Objekt, das mich an meiner strikten Ablehnung gegen das Übernatürliche zweifeln ließ.

Dieses Haus ließ mich einfach nicht mehr los und ein Teil von mir wollte mehr darüber wissen und verstehen, während der andere davonlaufen und vergessen wollte. Als ich im Augenwinkel eine Bewegung wahrnahm, kam mir eine Idee. Ein junges Mädchen war aus dem Nachbarhaus gekommen und schnappte sich eins der Fahrräder im Innenhof. Vielleicht musste ich mich gar nicht mehr in das unheimliche Gebäude begeben, um mehr zu erfahren.

Das Mädchen war mit Sicherheit zu jung, um mir mehr über Maureen verraten zu können. Also sprach ich sie gar nicht erst an und versuchte stattdessen mein Glück an der Gegensprechanlage des Hauses, aus dem sie gekommen war. Ich drückte die Klingelknöpfe nacheinander und stellte mich als Journalist vor, der mit einem »Was macht eigentlich Maureen West heute?«-Artikel betraut war. »Bist du Journalist?« – Das hatte mich der mysteriöse Mann auf der Terrasse der 107 Hill Road gefragt und für das, was ich hier tat, war es eine gute Erklärung. Wesentlich besser, als die, dass ich ein Innenarchitekt war, der dabei war, durchzudrehen.

Beim direkten Nachbarhaus hatte ich kein Glück. Die einzigen beiden Personen, die sich meldeten, erinnerten sich nicht an Maureen oder wollten sich nicht an sie erinnern. Also machte ich beim nächsten Gebäude weiter. Der erste Mann, der sich meldete, wurde durch das Wort »Journalist« dazu provoziert, sich ziemlich unhöflich auszudrücken. Vielleicht hätte bei ihm der Innenarchitekt, der am Durchdrehen ist, besser gezogen. Zu spät. Ich gab nicht auf, und die dritte Person bat mich tatsächlich herein.

Wir saßen auf ihrem Balkon, wo sie mich im zarten Sonnenlicht mit ihrem Kopftuch, einem goldenen Morgenmantel und einer übertrieben großen Sonnenbrille an einen alternden Hollywoodstar erinnerte. Sie paffte eine Kippe und bat mir auch eine an, die ich nahm und rauchte, um eine Verbindung zwischen uns zu schaffen. An Maureen erinnerte sie sich gut: »Wie soll man eine wie die vergessen? Sie war ja total durchgeknallt.« Alles, was diese Frau (»Nennen Sie mich doch um Gottes Willen Angela, sonst fühle ich mich so alt«), mir erzählte, passte ins Bild von der verrückten Künstlerin, wie Bill Maureen genannt hatte. Es war allerdings schwierig, Angelas Berichten zu folgen, weil sie viel lieber über alle möglichen anderen Dinge sprechen wollte. Beispielsweise darüber, dass der Hausbesitzer einfach seinen Instandsetzungspflichten nicht nachkam, dass der Paketbote immer alles bei ihr ablud, nur weil sie die Einzige war, die stets an die Tür ging und darüber, dass ihre Tochter Tina hieß, einen Job hatte, den ich nicht richtig kapierte – und Angela vermutlich auch nicht – dabei aber sehr gut bezahlt wurde und nur noch einen »hübschen Kerl« wie mich in ihrem Leben brauchte. Ich lehnte es lächelnd ab, mir ihre Telefonnummer aufschreiben zu lassen und versuchte, wieder auf das Thema zurückzukommen:

»Also Angela, du bist einmal in der 107 Hill Road gewesen?« Sie winkte ab: »Ja, aber jeder war ja da, weil sie ihren ganzen Krempel verschenkt hat.« »Ihren ganzen Krempel? Also alles, was im Haus war?«, wollte ich wissen. Ich drückte bereits die zweite Zigarette aus, die ich nicht hatte ablehnen können. Mir war ziemlich schwindlig davon, da ich fast nie rauche. Angela nickte und blies einen Ring in die Luft. »Ja, aber für mich war nichts dabei. Das Mädchen hatte keinen Geschmack. Alles Flohmarkt-Boho. Billig. Viel zu billig. Weißt du, ich habe einen sehr ausgewählten Stil. Meine Tochter hat mir da diesen Schal aus Paris mitgebracht und er ist herrlich.« Sie sah sich um. »Wenn ich jetzt nur wüsste, wo ich ihn hingelegt habe.« »Kannst du die Sachen, die Maureen verschenkt hat, etwas näher beschreiben? Waren zum Beispiel Bilder dabei, die sie gemalt hat?«, hakte ich nach. Angela zuckte die Schultern: »Kann schon sein. Sie hat eigentlich alles verschenkt. Jeder konnte kommen und sich was nehmen.« »Und warum hat sie die Sachen verschenkt? Wollte sie ausziehen? Das Haus ausräumen?« Erneutes Achselzucken. »Sie war eben einfach durchgeknallt. Ich denke, ich sollte dir den Schal zeigen, damit du verstehst, was ich meine. Damit du mich in dem Artikel richtig beschreiben kannst.« »Ja, Angela, nachher ganz bestimmt, aber vorher muss ich noch ein paar Dinge wissen.« »Na gut. Ja, vielleicht hat sie das Zeug verschenkt, weil sie schon wusste, dass sie in die Anstalt muss.« »Sie war danach in einer Klinik? Hat sie sich einweisen lassen?« »Ich denke, ja.« Angela erhob sich und ich fürchtete, dass sie den roten Faden komplett verlieren und sich auf die Suche nach dem Schal machen würde. Ich folgte ihr in die fatal fehlgestaltete und völlig erdrückende kleine Wohnung und rief ihr nach: »Angela, in welchen Stockwerken von Maureens Haus bist du gewesen?« Sie drehte sich zu mir um:

»Was ist denn das für ein Frage? Als ob ich das noch wüsste.« »Bist du unten durch den Hof ins Haus gegangen?« »Ja, denke ich. Du brauchst bestimmt ein Foto von mir, für den Artikel. Ich habe ein wirklich gutes. Warte mal.« »Okay, danke, das ist super. Aber weißt du zufällig, ob noch jemand mit Maureen gemeinsam in ihrem Haus gewohnt hat?« Ich folgte Angela in ihr Schlafzimmer, was unangenehm, aber kaum vermeidbar war. »Nur sie«, gab sie zurück, während sie etwas unter dem Bett hervorzog. Ich wendete mich ab, weil ich nicht wusste, wie viel sie unter dem Morgenmantel trug. »Sie war die ganze Zeit allein? Kein Freund, keine Freundin oder so?«, hakte ich nach. »Seit ich hier wohne nicht«, erwiderte Angela. »Und seit wann ist das?«, wollte ich wissen. Ich erfuhr, dass Angela etwa zehn Jahre in ihrer Wohnung lebte und verließ das Haus mit zwei Fotos von ihr, die bestimmt schon fünfzig Jahre alt waren, aber auch mit einer wichtigen Zusatzinformation: Ein gewisser Troy aus dem Haus nebenan wüsste vielleicht mehr (»Der alte Spinner weiß immer über alles Bescheid und wohnt schon sein ganzes Leben hier. Ich denke, er stalkt mich. Vermutlich hat er sogar schmutzige Aufnahmen von mir, denn er kann mich vielleicht durch sein Fenster sehen. Ich glaube manchmal, sein Gesicht hinter den Gardinen da drüben zu sehen... Wobei ich nicht ganz sicher bin, ob das wirklich seine Wohnung ist.«)

7. DER JUNGE

Sie verbrachten viel Zeit in ihrem neu entdeckten Geheimgang. Immer, wenn ihre Mutter nachts lange wegblieb, war es einfach sicherer. Inzwischen saßen sie auch nicht mehr in der Dunkelheit. Sie hatten es sich gut eingerichtet mit einer großen Taschenlampe, Game Boy, Walkman, Büchern, Knabbereien und Getränken, die sie in den Schulbaden lagerten. Nicht zu vergessen: der Wecker mit Digitalanzeige. Er half ihnen dabei, zur richtigen Uhrzeit wieder in ihre Betten zurückzuschlüpfen: nämlich dann, wenn ihre Mutter ganz sicher schon zu Hause war, aber noch bevor sie morgens aufstand und feststellen konnte, dass die beiden verschwunden waren. Nachts, wenn sie zurückkehrte, kontrollierte sie die Zimmer nie. Nach ihren Meetings, Events und was auch immer, war sie viel zu müde dafür. Sie konnte dann nur noch in ihr Bett fallen, nicht selten ohne Rock und Feinstrumpfhose gegen einen Pyjama zu tausche. Wenige Sekunden später schlief sie leise schnarchend ein.

Die Viertelstunde, die sie immer beim Frühstück zusammensaßen, war an den meisten Tagen die einzige Zeit, zu der sie eine richtige Familie waren. Sie reichten sich die Milch und den Orangensaft hin und her. Die Mutter ermahnte die Kinder dazu, weniger von den gezuckerten Cornflakes und mehr vom frischen Obst zu essen, das sie fertig geschnitten im Supermarkt kaufte – und das nie so richtig frisch schmeckte. Dann jammerte sie, wie stressig die nächsten Tage werden würden, woraufhin die Zwillinge, wie sie sich selbst nannten, ihr mitteilten, welche neuen Schulhefte sie brauchten und welche Arbeiten die Mutter unterschreiben müsse. Das Frühstück endete immer damit, dass die Mutter ihnen Geld gab, um Abendessen und all ihre Schulsachen zu kaufen. Dabei war sie nie knausrig. Es blieben immer Scheine übrig, die die Geschwister fair untereinander aufteilten. Das Mädchen nutzte seinen Anteil, um sich mit Künstlerbedarf einzudecken, während der Junge Dinge davon kaufte, die ihm in der Schule Aufmerksamkeit einbrachten.

Nach dem Frühstück waren die Zwillinge auf sich alleine gestellt. Aber das war vollkommen in Ordnung, weil sie aufeinander zählen konnten. Zusammen konnte ihnen nichts passieren. Das spürten sie, wenn sie Seite an Seite im Geheimgang saßen und sich mit Game Boy und Walkman abwechselten. Die Mutter kam auch an regulären Arbeitstagen ohne Abendveranstaltungen relativ spät nach Hause und war immer völlig erledigt. Sie brachte sich ihr eigenes Essen mit und verspeiste es auf der Couch bei einer der Talkshows, die sie zum Runterkommen brauchte, wie sie erklärte. Oder sie saß dabei am Schreibtisch und brütete über Unterlagen.

Bei der Adoption des Mädchens hatte sie etwas tricksen müssen, denn für gewöhnlich stellten sich die Behörden den familiären Alltag anders vor. Sie hatte jedoch ihre guten Verbindungen spielen lassen und so hatte alles geklappt und war die Mühe wert gewesen, wie sie fand. Sie wusste, dass nicht alles ideal lief, aber fand, dass sie es zu dritt trotzdem guthatten. Dass sie das Mädchen unbedingt im Haus haben wollte, hatte zwei Gründe: Erstens war seine verstorbene Mutter ihre älteste Freundin gewesen und zweitens dachte sie, dass ihrem Sohn ein Geschwisterchen guttat; gerade, da sie so wenig Zeit für ihn hatte. Sie selbst war mit einem Bruder aufgewachsen und das war nicht schlecht gewesen.

Der Junge war tatsächlich überglücklich, dass er nun das Mädchen hatte. Er war nicht nur froh über seine neue Verbündete, wenn sie zusammen im Geheimgang saßen und sich gegenseitig vor Einbrechern beschützten. Sie waren in ihrem gesamten Alltag ein eingespieltes Team. Er bestellte abends, lange bevor die Mutter heimkam, Pizza und sorgte dafür, dass das Mädchen aß, auch wenn sie immer behauptete, keinen Hunger zu haben. Sie machte dafür fast all seine Hausaufgaben und ließ ihn bei Arbeiten abschreiben. Ihr fiel das Lernen wesentlich leichter, auch wenn sie sagte, dass sie die Schule hasste. Er mochte die Schule – allerdings nur, weil er dort täglich seine Clique sah.

Die Zwillinge lebten nach ihren eigenen Regeln. Ihr Heimweg von der Schule führte ein Stück weit an einer Bahnstrecke entlang. Zumindest dann, wenn sie die Abkürzung nahmen, von der ihre Mutter nichts wusste. Also immer. Dabei hatten sie es sich angewöhnt, ein Spiel zu spielen. Sie stahlen sich gegenseitig Dinge aus dem Rucksack. Manchmal schon während der Schulzeit, ab und an auch erst auf dem Weg. Dann warfen sie diese Sachen auf die Schienen, sodass die oder der andere sie von dort zurückholen musste. Das taten sie immer auf äußerst dramatische Weise. Sie rannten, sprangen, rissen die Augen auf und versuchten, sich im Kreischen zu überbieten – geradeso als müssten sie ihre Mäppchen, Hausschlüssel und Bücher vor einem nahenden Zug retten. Natürlich war das nur Theater. Die Strecke verlief ziemlich gerade und sie konnten die Güterzüge, die im Übrigen ziemlich selten vorbeifuhren, lange im Voraus kommen sehen. Nie warfen sie etwas auf die Gleise, wenn tatsächlich Gefahr bestand.

Er genoss bei dieser Heimwegtradition das Schauspiel, denn er liebte es, sich zu inszenieren. Er ging davon aus, dass es ihr genauso ging. Bis zu diesem einen Tag jedenfalls. Da kamen ihm nämlich Zweifel. Es war ein heißer Sommertag. Er hatte ihre Turnschuhe, die sie im Sportunterricht getragen hatte, auf die Gleise geworfen. Aber anstatt sie sofort zurückzuholen, stand das Mädchen nur da und starrte die Schuhe an, die Hände an den Rucksackträgern. Er sah sie von der Seite an. Wollte sie es vielleicht einfach spannender machen? Sie rührte sich nicht. »Was ist? Willst du heute nicht? Dann sorry. Ich hol sie schon zurück«, sagte er. »Nein, lass«, erwiderte sie und schlug ihm unerwartet und ziemlich fest gegen die Brust. Es tat richtig weh und ihm blieb kurz die Luft weg. Er blieb stehen, musterte sie weiter und fragte irgendwann: »Ja, und was ist dann jetzt?« Sie verharrte weiter reglos. So lange, bis am Horizont ein Zug auftauchte. »Hey, ich glaube, es ist nicht gut, wenn der da drüberfährt. Die können ihn vielleicht zum Entgleisen bringen und so. Außerdem brauchst du sie ja noch«, mahnte er. Sie stapfte los. Die Schuhe zurückzuholen, war bei dieser Entfernung des Zugs immer noch völlig ungefährlich. Allerdings schnappte sie diese nicht, um mit dem üblichen Gezeter zu ihm zurückzuhasten und ihm um den Hals zu fallen, als sei sie gerade dem Tod entgangen. Stattdessen hob sie einen Turnschuh auf und setzte sich dann hin. Mitte auf die Gleise. Dann begann sie, den linken Halbschuh, den sie am Fuß trug, auszuziehen. »Hey, was machst du da?«, rief der Junge und ging auf sie zu, wobei er zwischen ihr und dem näherkommenden Zug hin- und herschaute.

»Ich wechsle die Schuhe. Die hier drücken«, sagte sie in aller Seelenruhe. Der Zug war immer noch weit genug entfernt. Sie hätte immer noch ohne Eile aufstehen und weggehen können. Doch sie schlüpfte stattdessen mit dem nackten Fuß in einen der Turnschuhe. »Hör auf, verdammt. Komm schon«, rief der Junge, packte sie an ihrem dünnen Arm und zog daran. »Hey, das tut weh«, sagte sie. Der Zug kam näher und näher. Der Junge geriet völlig in Panik und packte sie bei der Taille. »Hey!«, rief sie wieder und strampelte dabei. Aber er zerrte mit seiner ganzen Kraft an ihr, schleifte sie von den Schienen weg und durchs trockene Gras, bis sie in sicherer Entfernung war und nicht vom Zug erfasst werden konnte. Er hatte sie gerade in Sicherheit gebracht, als der Zug gefährlich nahekam und der Führer die Pfeife betätigte, weil er die Kids an den Gleisen sah. Es war ein schrilles Kreischen. Der Junge verzog das Gesicht, während das Mädchen lachte. Dann verschwanden die zwei auf den Gleisen verbliebenen Schuhe unter dem Zug, ein Turnschuh und ein Halbschuh. Der Zug entgleiste nicht.

»Was – was zur Hölle – war das denn?«, schrie der Junge das Mädchen an. »Ich wollte dich nur testen«, antwortete sie mit leiser Stimme. »Testen?«, gab er zurück. »Ich wollte wissen, ob du mich rettest – und du hast's getan.« Damit sprang sie auf. Ihre unterhalb von den Shorts nackten Beine waren zerkratzt, aber sie lächelte nur und küsste ihn auf die Wange, bevor sie den Heimweg in zwei verschiedenen Schuhen fortsetzte.

Er folgte ihr langsam und schweigend. Dabei versuchte er, sich zu erinnern, wer von ihnen eigentlich mit dem Spiel angefangen hatte.

In den folgenden beiden Wochen herrschte dicke Luft bei den Zwillingen, weil er fand, sie solle sich entschuldigen und versprechen, so etwas nie wieder zu tun und sie das nicht einsah. Sie ignorierten sich einen Großteil der Zeit und wechselten nur die nötigsten Worte. Das sollte in den nächsten Jahren noch öfter vorkommen.

8. MORTIMER

Troy war wohl außer Haus. Ich hatte ja bereits vor meinem Gespräch mit Angela bei ihm geklingelt. Bei ihm und bei allen anderen Personen, die in direkter Nachbarschaft zur 107 wohnten. Nun drückte ich erneut auf den Knopf mit der Beschriftung »Feathers«, da das wahrscheinlich Troys Nachname war. Angela hatte sich daran erinnert, dass es »irgendwas mit Bird, nein... Winger... Oder so ähnlich« sein musste. Eine bessere thematische Übereinstimmung hatte ich nicht gefunden. Erneut folgte keine Reaktion. Der vielversprechendste Nachbar war also nicht da. Aber ich konnte noch nicht nach Hause fahren.

Die 107 ließ mich immer noch nicht los.

Ich würde nicht wieder hineingehen. Das war mir klar. Trotzdem wollte ich einen Blick auf die Terrasse werfen. Ich musste überprüfen, welche Version meiner Erinnerung die richtige war.

Es war die ohne Vorhänge. Die mit den eingegangenen Pflanzen und ausgetrockneten Pools. Ganz, wie ich es mir gedacht hatte. Die Hitze auf der Terrasse kam mir an diesem Tag unerträglich vor, obwohl es noch früh war. Ich hatte das Gefühl, wenn ich zu lange bleiben würde, würde es mir genauso ergehen wie den vertrockneten mediterranen Gewächsen in ihren Terracotta-Töpfen. Ich wünschte mir, dass die Becken mit frischem Wasser gefüllt wären und ich meine Hände hineintauchen könnte. Nun, zumindest die unverletzte. Ich ging ein paar Schritte mit verschränkten Armen und dachte nach. Was bedeutete es, dass diese Version von der Terrasse die reale war? Dass alles, was ich am Vortag erlebt hatte, echt gewesen war? Ich dachte ständig an die Tabletten in meinem Mund. Ich hatte die starken, die illegal erworbenen Schmerztabletten vor einigen Monaten in die Messengerbag gepackt, um sie in einem öffentlichen Mülleimer zu entsorgen. Hatte ich das eigentlich getan? Sie waren nicht mehr in der Tasche, aber ich hatte keine Erinnerung daran, wie ich sie entsorgt hatte, nur die Stimme in meinem Kopf, die »Heuchler« zischte. Es war dieses Haus. Es starrte mich an. Was hatte ich mir dabei gedacht? Diese Tabletten zu kaufen. Nach allem, was geschehen war.

Auf einmal fiel mein Blick auf etwas, das unter der Tür klemmte. Noch bevor ich näher heranging, wusste ich, dass es sich bei dem hellblauen Stück Papier um einen Briefumschlag handelte und mein Herzschlag beschleunigte sich. Ich bückte mich und zog ihn unter der Tür hervor. Als ich den Umschlag anstarrte, glaubte ich einen Moment lang, er wäre beschriftet. Ich las das Wort »Mum«, bevor ich meinen Kopf schüttelte und erkannte, dass da nur sinnloses Gekrakel war. Gekringelte Linien, wie ich sie hinterließ, wenn ich einen unwilligen Kugelschreiber dazu bewegen wollte, wieder seinen Dienst aufzunehmen. Ich öffnete den Umschlag mit einer hastigen Bewegung – nur um festzustellen, dass nichts darin war. Ich drückte ihn an den Seiten zusammen, hielt ihn falsch herum und schüttelte ihn, aber er war wirklich leer. Soweit ich es sagen konnte, waren nicht mal Staubkörner darin. Aber in meinem Kopf formierte sich der Satz: »Frag Momo, warum.«

Ich drückte den Umschlag in meiner Hand zusammen. Dann zerknüllte ich ihn, zerfetzte ihn, verstreute seine Einzelteile und trat mit dem Fuß gegen die Tür. Sie schwang einen Spaltbreit auf. Obwohl ich sie am letzten

Tag abgeschlossen hatte. Da war ich mir sicher. Ich knallte sie zu und knurrte: »Lass mich in Ruhe, verdammte Bruchbude.« Dieses Mal würde ich der Einladung nicht folgen. Ich drehte mich um und ging.

Als ich zu Hause ankam, fühlte ich mich, als wäre mir meine ganze Energie entzogen worden. Ich hatte eigentlich ein wenig Arbeit im Homeoffice erledigen wollen, war aber einfach nicht dazu imstande, irgendeiner produktiven Tätigkeit nachzugehen. Auch die zwei Anrufe von Toni nahm ich nicht entgegen. Stattdessen saß ich nur auf der Couch, zappte durch die Sender und schüttete mir einen Softdrink nach dem anderen rein.

Wahrscheinlich hing es unter anderem mit dem vielen Zucker zusammen, dass ich in der Nacht lange nicht einschlafen konnte. Und wenn ich dann schlief, fand ich keine Erholung. Hektische Traumsequenzen entsendeten mich in ein Labyrinth aus Treppen, aus dem ich versuchte zu entkommen. Immer nur dem Licht folgen. Folge dem Licht. Dem Licht, das durchs Schlüsselloch fällt. Eine Hand in meiner Hand. Warm. Vertraut. Verschwunden. Der Rasierer. Weg mit dem Haar. Tabletten in meinem Mund. Tabletten in einem Tütchen. Schnell von einer Person zur anderen gereicht. Eine Waffe in meiner Hand. Nein, Block und Stift in meiner Hand. Ein Brief. Folge dem Licht. Nein! Halte dich fern. Tu so, als wärst du gar nicht da! Sag nichts. Erklär es ihr nicht! Sie hat mir keine Gelegenheit gegeben, zu reden.

Noch Stunden bevor die Sonne aufging, gab ich das mit dem Schlafen auf, machte mir Kaffee und dachte an eine beliebte Weisheit in Tonis und meinem Gewerbe. Sie besagt, dass ein Blick in ein Haus wie ein Blick in den Kopf der Person ist, die darin lebt. Ich dachte an die Treppe, die ins Nichts führte, die seltsame Treppenkonstruktion, die in den unfertigen zweiten Stock führte, das Loch im Boden mit der fehlenden Leiter, die schlecht ersetzte tragende Wand, und die brutal an die Wand genagelten, provisorischen Vorhänge. Falls das Innenleben der 107 Hill Road wirklich widerspiegelte, wie es in Maureen Wests Kopf ausgesehen hatte, dann hatte sie vermutlich verzweifelt ihren Weg gesucht. Es war ihr wahrscheinlich ergangen wie mir in meinem Traum. Ich glaubte nicht, dass der Begriff *verrückte Künstlerin* ihr wirklich gerecht werden konnte. Eher hatte ich den Eindruck, dass sie eine rastlose Seele gewesen war. Aber welche Verbindung hatte sie zu mir? Warum hielt ihr Haus mich und meine Gedanken gefangen?

9. ANTONIO

Er saß mit Celine beim Essen. Dass sie sich nun auf den Tag ein halbes Jahr lang kannten, hatte er zum Anlass genommen, sie in das teuerste Steakhouse der City auszuführen. Es war so ein Laden, in dem sie eine Show daraus machten, das Steak auf einem Wagen am Tisch über offener Flamme zuzubereiten. Normalerweise machte Toni sich nichts aus so was. Weder aus der Feier von Jubiläen, noch aus Gaststätten, in denen das Dinner zu einer theatralischen Inszenierung wurde. Aber er hatte das Gefühl, Celine etwas bieten zu müssen. Sie hatte, wie er es ausgedrückt hätte, Klasse. Das zeigte sich allein schon in der Art, wie sie ihr Weinglas hielt und ihn anlächelte, aus ihrem reifen und wunderschönen Gesicht. Celine war anders als die anderen und er wollte alles tun, um sie zu halten. Auch wenn er das Gefühl hatte, ihr niemals ebenbürtig sein zu können. Er war ein Selfmade-Unternehmer, aber ein einfacher Mann. Sie war mit Geld aufgewachsen und das zeigte sich in jeder ihrer anmutigen Bewegungen und ihrem selbstbewussten Blick.

Sie hatten bereits aufgegessen, als sie schließlich die Frage stellte, die er die ganze Zeit schon in ihrem Gesicht gelesen hatte: »Toni, was ist los?« »Nichts«, gab er etwas zu schnell zurück. »Ich bin hier mit meiner Traumfrau. Alles ist wunderbar.« »Du hasst das ganze Getue hier. Es macht dich befangen. Das kannst du ruhig zugeben, mein Lieber«, erwiderte sie. »Ertappt«, sagte er leise und hob die Hände. In einer hielt er die Stoffserviette. »Aber dir gefällt es hier und darum mag ich es… und wegen dieses herrlichen Steaks.« »Ich danke dir für deine Aufopferung, Toni. Aber da ist doch noch was. Das ist doch nicht alles. Du warst so still den ganzen Abend.« Sie sah ihn prüfend an. »Hm«, machte Toni. Er sprach eigentlich nicht gerne über seine Sorgen, aber mit Celine war es anders. Irgendwas an ihr brachte ihn dazu, sich ihr anvertrauen zu wollen. »Es ist wegen dem Jungen«, sagte er. »Dem Jungen?«, wiederholte Celine, während sie mit dem Zeigefinger über die Oberkante ihres Weinglases fuhr. »Du meinst nicht etwa den unverschämt gutaussehenden jungen Mann, der für dich arbeitet, oder?« »Er ist… na ja, du weißt doch, dass er mein Stiefsohn war. Zumindest für kurze Zeit.« Auch das hatte er Celine bereits erzählt, obwohl er sich bei seinen häufig wechselnden Freundinnen mit derlei Dingen meist bedeckt hielt. »Und sieht er wirklich so gut aus?«, fügte er dann nach kurzer Bedenkpause an. »Umwerfend«, sagte sie sofort. Mit einem verschmitzten Lächeln fügte sie hinzu: »Also wenn *er* mich um ein Date bitten würde, wäre mir sogar der Tacostand an der 52sten recht.« Toni zog eine Braue hoch. Sie lächelte.

»Aber was ist denn jetzt mit ihm? Was bereitet dir Sorgen?«, hakte sie dann nach. »Na ja, weißt du, er hat sich heute schon den zweiten Tag krankgemeldet und er ist so gut wie nie krank. Heute hat er mir nur eine Nachricht geschickt, dass er wieder nicht kommt und gestern hat er meine Anrufe ignoriert«, begann Toni. Sie musterte ihn skeptisch: »Er ist zwei Tage krank und du machst dir Sorgen? Er hat sich was eingefangen. Eine Sommergrippe vielleicht. Er schläft sich aus.« »Ja, ja. Das könnte natürlich sein, aber ich habe das Gefühl, dass es das nicht ist. Er war seltsam bei unserer letzten Besichtigung, am Tag bevor er sich krankgemeldet hat.« »Denkst du, es könnte ein seelisches Leiden sein?«, wollte Celine wissen. Toni zuckte unschlüssig die Achseln. »Ich weiß nicht, was genau ein seelisches Leiden ist, aber ich habe das Gefühl, dass ihn irgendwas extrem aufgewühlt hat.« »Hast du eine Idee, was das sein könnte?« Toni schüttelte den Kopf. »Und kam so etwas schon mal vor?« Erneutes Kopfschütteln: »Nein, weißt du, Momo ist ein Arbeitstier. Aber er hatte eine ziemlich schwierige Vergangenheit.« »Seine Mutter hat sich das Leben genommen, sagtest du?« »Ja, und das war nicht die einzige Tragödie in dieser Familie. Weißt du... Momo kam mir immer stabil vor. Ich mochte ihn schon als Jungen sehr gerne. Er war extrem klug, wollte immer alles wissen, alles lernen und er hatte für alles einen Plan. Eine Weile lang dachte ich, ich könnte so was wie eine Vaterfigur für ihn werden. Damals, als ich ihn kennenlernte, gab es schon nur noch Rose, also seine Mutter, und ihn.« »Was war mit seinem Vater?«, wollte Celine wissen. »Ermordet worden.« »Grundgütiger!«, sagte Celine. »Ich sollte dich nicht damit aufregen«, bemerkte Toni und nahm ihre Hand.

Ihr Gespräch wurde in diesem Moment unterbrochen, weil ein Kellner darauf brannte, ihre Nachtischwünsche entgegenzunehmen. Sie bestellten lediglich Kaffee, da auch Celine nun die Lust auf eine weitere Show vergangen war. Nachdem der Kellner etwas enttäuscht abgezogen war, wollte Celine wissen, was es mit diesem Mord auf sich hatte. »Ich weiß es nicht wirklich«, antwortete Toni. »Es ist ein paar Jahre bevor ich Rose kennengelernt habe, passiert. Alles, was ich mit Sicherheit weiß, ist, dass ihr Mann Terry Mitchell hieß und ursprünglich aus Texas kam. Sie hat mir gesagt, er habe einen Ersatzteileshop für Autos geführt, aber ich glaube, dass da was anderes dahintersteckte.« Er rutschte näher an sie heran und sprach mit gesenkter Stimme: »Sie hat immer mal wieder Dinge erwähnt, bei denen ich das Gefühl hatte, sie wollte mir zwischen den Zeilen etwas mitteilen. Vielleicht lehne ich mich etwas weit aus dem Fenster, aber ich denke, dass er Geld gewaschen hat.« Celine pfiff durch die Zähne. »Drogengeschäfte?«, flüsterte sie. Die dunkle Seite der Stadt. Toni wiegte den Kopf hin und her.

Der Kellner kam mit dem Kaffee und versicherte ihnen, dass es immer noch nicht zu spät sei, einen der köstlichen Nachtische zu ordern. Sie lehnten erneut dankend ab.

»Das klingt wirklich nach einer ganz furchtbaren Kindheit«, stellte Celine fest, als sie endlich wieder unter sich waren. »Und das ist noch nicht mal alles. Es gab noch eine dritte Tragödie – und eine Sache, die ich bis heute nicht wirklich verstehe, weil er nie darüber sprechen wollte. Auch wenn wir immer einen ganz guten Draht hatten, wie ich finde«, erzählte Toni. »Und was war das?« Toni seufzte. Sollte er wirklich so weit gehen und es ihr erzählen? Celine würde nichts ausplaudern und sich Momo gegenüber nicht anmerken lassen, dass sie seine Geschichte kannte, da war er sicher. Aber hatte sie nicht schon genug düstere Storys für einen Abend gehört? Sollte er von dem Brief erzählen, den Rose ihm damals gezeigt hatte?

10. DER JUNGE

Auch als die Geschwister zu alt dafür waren, jedes Mal Angst zu bekommen, wenn die Mutter nachts lange wegblieb, hörten sie nicht damit auf, sich im Schrank zu verkriechen. Sie wurden nicht mehr von Furcht angetrieben, sondern von der verlockenden Dunkelheit ihres alten Verstecks angezogen. An diesem stillen Ort, Schulter an Schulter, weich auf den Daunendecken, konnten sie Dinge aussprechen, die ihnen woanders nicht über die Lippen kommen wollten. Es war zunächst eine Gewohnheit und wurde dann zu einer Art Spiel, ähnlich dem Bahnschienen-Spiel, das sie schon lange aufgegeben hatten. Das neue Spiel war ganz simpel: Sie erzählten sich abwechselnd möglichst peinliche, möglichst unmögliche Dinge. Je eine Geschichte gegen eine andere, sodass sie immer sicher sein konnten, dass die andere Person dichthielt. Wer die aufregendste Story erzählte, gewann. Sie entschieden das am Ende immer gemeinsam und das Mädchen ließ ihn immer gewinnen, weil sie wusste, dass er sich im Gegensatz zu ihr etwas daraus machte.

Eines späten Abends berichtete er ihr davon, dass seine Poppunk-Band es wieder nicht unter die Finalisten des jährlichen Band Battles geschafft hatte und dass der eine Gitarrist, Melvin, ihm die Schuld dafür gab. Melvin hatte gesagt, der Junge groove einfach nicht am Schlagzeug und hätte es ihnen versaut. Anderen Personen wäre das wohl nicht wie ein intimes Geständnis erschienen, aber das Mädchen wusste, wie sehr solche Dinge den Jungen belasteten. Er sehnte sich nach Anerkennung –

und der Schülerband-Wettbewerb war eine wichtige Größe in seinem Leben. »Ich meine, was bildet der sich ein? Wenn jemand die Band zusammenhält, dann ja wohl eindeutig ich. Mein Groove ist easy der Beste von allen Drummern der Bands. Das Problem ist ja wohl ganz klar, dass die Jury einen Hirnschaden hat«, sagte der Junge. »Oder noch viel schlimmer. Ich glaube, dass Jason von den Funny Lunatics der Toyboy von dieser Tam-Fotze aus der Jury ist. Warum bitte sonst sind die jetzt schon im dritten Jahr unter den Finalisten? Die haben nichts, was wir nicht auch hätten. Ich hab gesehen, wie Tam Jason am Arm berührt hat. Es sollte so wie ein Zufall aussehen, aber ich sag dir, das war's nicht. Die ficken. Jede Wette. Soll ich jetzt etwa auch jemanden in der Jury zum Ficken finden? Gewinnen wir dann endlich den Preis, den wir verdienen?« Er lehnte den Hinterkopf mit etwas zu viel Schwung an die Schrankwand, sodass es einen Schlag ließ, bei dem das Mädchen zusammenzuckte. Sie lachten.

»Ist ja auch egal«, sagte er dann. »Jeder, der Ohren hat, konnte ja hören, dass wir es verdienen.« »Ich weiß. Du spielst fantastisch«, sagt sie, weil sie wusste, dass er es brauchte. Sie wusste auch, dass es nicht stimmte. Bei den Bandproben saß sie immer still in einer Ecke und lauschte. Seinen Musikerkollegen gefiel das nicht. Sie fanden das Mädchen mit ihrem durchdringenden Blick und ihrer schweigsamen Art unheimlich. Aber der Junge bestand darauf, sie dabei zu haben. Er hatte sie immer im Schlepptau, egal, ob er mit seinen Kumpels abhing oder ob er auf Partys ging. Sie war wie sein Schatten.

»Beenden wir das blöde Thema. Jetzt du«, forderte er. »Hm«, machte sie nachdenklich. »Ich verstehe das mit dem Alkohol nicht.« »Was meinst du?«, wollte er wissen. »Alle sagen, dass man gut draufkommt, wenn man betrunken ist. Darum habe ich letztes Wochenende auf der Party auch so viel getrunken.« »Aber du warst nicht gut drauf?«, hakte er nach. Sie schüttete den Kopf, was er in der Dunkelheit aber nur spüren, nicht sehen konnte. »Ich war glaube ich ziemlich betrunken und ich saß da auf dem Rasen und war einfach nur traurig. Das heißt, ein bisschen Hoffnung hatte ich. Ich dachte nämlich, dass der Sternenhimmel immer näherkommen würde. Ich dachte, irgendwann würde er ankommen und einfach alles zerquetschen.« »Und das hat dir Hoffnung gemacht?« »Auf eine Art«, sagte sie. »Wenn einfach alles zerquetscht werden würde und alles auf einmal weg wäre, wäre es doch nicht mehr so anstrengend, oder?« »Das vielleicht schon, aber ich stelle es mir schrecklich vor, vom Himmel zerquetscht zu werden.« »Nicht, wenn es ganz schnell geht. Du würdest es nicht mal merken. Auf einmal wäre einfach alles nichts.« Sie flüsterte das letzte Wort. »Hm«, machte er und sie schwiegen für einen Moment.

Er war es gewohnt, dass sie traurige und unheimliche Dinge mit ihm teilte, aber er konnte sie dabei nie wirklich verstehen. Um die Stimmung aufzuhellen, wollte er ihr etwas Lustiges erzählen. Weil es aber auch etwas Peinliches oder Intimes sein musste – denn das besagten die Regeln – kam ihm da eine bestimmte Sache in den Sinn: »Ich habe mir unter der Schuldusche einen runtergeholt.« »Was?«, sagte sie und er hörte deutlich an ihrer Stimme, dass sein Plan funktionierte. »Ich hatte einen Ständer. Und was hätte ich denn machen sollen?« »Auf kaltes Wasser umstellen?«, schlug sie vor. »Ne«, sagte er. »Warum zur Hölle warst du denn in der Schule… na ja?«, fragte sie. Er wusste, dass er ihr nicht verraten konnte, dass er davor heimlich Alison geküsst hatte, also wollte er sich vage halten und begann mit: »Einfach nur wegen…« Bevor er seinen Satz beenden konnte, legte das Mädchen ihm eine Hand auf den Mund. Sie presste ihre Finger so fest gegen seine Lippen, dass er sie einen Spaltbreit aufmachte und sie feucht wurden. Dann flüsterte sie: »Küss mich«, und legte ihre Lippen an ihre Hand, nur um sie im nächsten Moment wegzuziehen.

Sie küssten sich. Nicht wie in den Momenten, wenn sie ihm einen Kuss auf die Wange oder Stirn hauchte. Ihre Zunge war in seinem Mund. Er machte mit, befreite sich dann aber von ihr und sagte: »Aber wir sind doch Zwillinge.« »Seelen-Zwillinge, du Dummchen. Wir sind ja nicht blutsverwandt.« »Tun Seelen-Zwillinge so was?«, wollte er wissen. »Wenn sie es wollen«, flüsterte sie. »Willst du es?« Er zögerte einen Moment. Dann küsste er sie zurück. Sie schlang ihre Arme um ihn und zog ihn an sich. Es war anders, als Alison zu küssen. Mit Ali war es aufregend gewesen. Das hier war absoluter. Es ging um ihre Verbindung, um ein Versprechen, darum, gemeinsam zu überleben. Es war nicht nur zum Spaß, sondern ernst. Er klammerte sich an ihr fest, drückte sich an ihren dünnen Körper und wusste, dass sie ihn sah. Sogar in der Dunkelheit. Für sie war er immer der Mittelpunkt.

Sie biss ihn in die Lippe und er zuckte zuerst zurück. Dann ließ er es geschehen. Er schmeckte das Blut und sie fuhr mit ihrer Zunge darüber. Zusammen überleben. Das war es. Sie zupfte an seinem T-Shirt und er verstand, dass sie wollte, dass er es auszog. Er wusste, dass es kein Zurück gab. Sie waren hier ganz allein. Niemand würde sie aufhalten und sie selbst konnten sich nicht mehr bremsen.

11. MORTIMER

Ich wollte immer noch ganz dringend Troy Feathers sprechen. Bei den bestimmt zehn Versuchen, ihn anzutreffen, hatte er jedoch nie auf mein Klingeln reagiert. Ich glaubte, dass inzwischen das Wochenende angebrochen war, war mir aber nicht ganz sicher. Seit ich mich den ersten Tag krankgemeldet hatte, hatte ich mich bei Toni nur in knappen Textmitteilungen gemeldet. Dass es mir nicht gutging, war alles andere als eine Lüge. Ich konnte kaum schlafen und essen und mich auf nichts konzentrieren. Mein Kreislauf war immer kurz davor, mich im Stich zu lassen. Wenn ich zu schnell aufstand, musste ich kurz innehalten und mich an der Stuhllehne festhalten, weil Sternchen vor meinen Augen tanzten und die Welt sich drehte. Ein Blick in den Spiegel machte mir klar, dass niemand an meinem miesen Zustand gezweifelt hätte. Ich sah beschissen aus.

Es kam mir vor, als wäre ich nie allein und ich sah mich oft in meiner Wohnung um, weil es mir vorkam, als würde mich jemand beobachten. Womöglich hatte ich zu viel von der Luft in der 107 Hill Road eingeatmet. Hatten sich vielleicht Staubkörnchen in meiner Lunge festgesetzt oder waren sie in meiner Wohnung aus meiner Lunge entwichen und hatte sich dort eingenistet? Ich hatte inzwischen die Ahnung, dass Spukhäuser ganz anderer Natur waren, als ich bisher angenommen hatte. Es war unmöglich, ihnen durch bloßes Davonrennen zu entkommen. Ich hatte das Haus verlassen, aber das Haus verließ mich nicht mehr. Die 107 hielt mich in ihrem Bann, ohne dass ich dort war.

Mein Hemd mit dem Blutfleck hatte ich weggeworfen und ich spielte mit dem Gedanken, auch das andere, das ich am Vortag getragen hatte, zusammen mit meiner Jeans zu entsorgen. Die Klamotten schienen den unangenehmen Geruch des Hauses aufgesaugt zu haben. Ich hatte sie bereits zweimal gewaschen, meinte aber, selbst unter der Wolke von Weichspüler immer noch einen Hauch des vergorenen Modergeruchs wahrzunehmen.

Ich wusste nichts mit mir anzufangen, denn ich traute mich nicht, die 107 Hill Road noch einmal zu betreten. Gleichzeitig sträubte sich irgendwas in mir dagegen, den Schlüssel abzugeben. Bill hatte wahrscheinlich schon danach fragen wollen. Er hatte an diesem Tag – womöglich Samstag – angerufen und ich hatte ihn bei der Mailbox landen lassen. Da er keine Nachricht hinterlassen hatte, war es ihm vermutlich nicht allzu eilig mit dem Schlüssel.

Die folgende Nacht war besonders ekelhaft. Ich wachte auf und verstand anfangs nicht, wo ich mich befand. Es war so dunkel. Noch viel schwärzer als in meinem Schlafzimmer. Dort fiel immer etwas vom Licht der rastlosen City durch die Schlitze des Rollos. Aber ich war in völliger Dunkelheit aufgewacht. Sitzend, mit dem Rücken an einer kalten Wand. Nur durch das Schlüsselloch fiel Licht. Als ich mich vorsichtig bewegte, spürte ich etwas an meiner Schulter und hörte ein merkwürdig quietschendes Geräusch über mir. Natürlich: Klamotten auf Kleiderbügeln, die an einer Stange aufgehängt waren. Mir war klar, dass ich in einem Schrank saß. Ich hatte Angst. Tiefe Angst. Stimmen drangen aus Richtung des Schlüssellochs zu mir durch. Sie klangen angespannt, unangenehm, gefährlich. Die Furcht, die ich verspürte, war die eines Kindes, das nicht genau verstand, was da vor sich ging. Ich wusste nur, dass ich ruhig sein und versteckt bleiben musste. Mein Atem kam mir verräterisch laut vor und als ich versuchte, leiser zu atmen, fühlte es sich an, als würde es mir die Lunge zuschnüren.

»Aber du bist nicht allein«, dachte ich, suchte in der Dunkelheit mit meiner Hand nach einer anderen, und fand sie schließlich. Doch sie war kalt. Eiskalt. Ich drehte mich um. Auf einmal war es nicht mehr so dunkel im Schrank und ich sah sie. Da war eine Frau neben mir. Fahle, aufgequollene Haut, hervortretende Adern, blasse Lippen, an denen Schaum klebte. Ihr Kopf hing seltsam verdreht in ihrem Nacken, beinahe so als wäre ihr Hals gebrochen. In ihren toten Augen war nur das Weiße zu sehen. Ich hielt ihre Hand. Ich wollte schreien, aber meine Kehle war immer noch wie zugeschnürt. »Mach keinen Mucks, dann wird nichts passieren«, sagte eine Männerstimme. Ich starrte die tote Frau an, und währenddessen begann ihre Haut zu vertrocknen. Sie spannte sich über den Knochen, zerfiel einfach zu Staub, der herunterrieselte, bis nur noch der blanke Schädel übrigblieb. »Mach keinen Mucks, bis *sie* weg sind.«

Dann wachte ich auf. Als Erwachsener. In meinem Zimmer. Mit den hellen Rollostreifen. Aber ich konnte immer noch kaum atmen, wälzte mich herum, presste die verbrauchte Luft mühsam aus meinen Lungen und saugte neue nur so ein. Eine Weile lang dachte ich, ich könnte nur atmen, wenn ich mich darauf konzentrierte und würde ersticken, sobald ich an irgendetwas anderes dachte. Ein furchtbares Gefühl. Ich hatte so große Angst, dass ich es nicht wagte, weiterzuschlafen. Also schlug ich die verschwitzten Laken zur Seite, stand auf und holte mir ein Glas Wasser. Als ich es mit zitternden Händen zu meinem Mund führte, fiel mir wieder die Redewendung »to have a skeleton in the closet«, ein Skelett im Schrank haben, ein.

Dann setzte ich mich an mein Notebook und googelte Maureen West. Warum war sie mit mir in diesem Schrank gesessen? Was machte sie in meinen Gedanken und Träumen? Ich wusste, dass sie es gewesen war, da ich ein Foto von ihr im Internet gesehen hatte, auch wenn sie darauf wesentlich lebendiger ausgesehen hatte.

Fast alle Artikel über sie nutzten dasselbe Foto von ihr. Auf diesem sah sie sehr jung aus, und war es womöglich auch. Zur Zeit ihres Durchbruchs war sie 21 Jahre alt gewesen, aber vielleicht hatten die Magazine nur ein älteres Bild von ihr. Sie sah eher wie eine schüchterne Teenagerin aus unter ihrem riesigen schwarzen Sonnenhut, der sie noch kleiner und zerbrechlicher wirken ließ. Es gab nicht nur kein Interview mit ihr, sondern nicht mal eine einzige Zitatzeile, aber »ein Verwandter«, wie es in einem der Artikel hieß, verriet die Geschichte hinter dem fahlen Pferd.

Laut seines Berichts hatte Maureen keine leichte Kindheit gehabt, solange sie bei ihrer leiblichen Mutter gelebt hatte. Später war sie von einer anderen Familie adoptiert worden. Ihre eigene Mutter war manisch-depressiv gewesen. Der Vater hatte die Familie für eine andere Frau verlassen, als Maureen noch ein Baby gewesen war. Aber zu ihrem Geburtstag hatte er sie immer auf einen Ausflug mitgenommen. Einmal, da musste Maureen so um die sechs oder sieben Jahre alt gewesen sein, wie der Verwandte zu wissen glaubte, hatte der Vater sie mit auf einen Ponyhof genommen. Dort war an dem Tag viel los gewesen. Darum war für Maureen nur noch ein klapperdürres weißes Pferd geblieben. Sie hatte dem Verwandten, der die Geschichte weitererzählt hatte, anvertraut, dass das Pferd sich kaum selbst auf den Beinen hatte halten können. Maureen hatte Mitleid empfunden und eigentlich nicht aufsteigen wollen, aber es war eben ihr Ausflug mit dem Vater gewesen. Darum hatte sie es doch getan – und sich ganz abscheulich gefühlt, als der Vater das schwankende Tier am Strick hinter sich hergezogen hatte.

Maureen hatte das nie vergessen können und das Pferd wieder und wieder gemalt – und sich selbst in das Pferd hineingemalt. Immer dann, wenn sie geglaubt hatte, sich zu fühlen wie dieses bemitleidenswerte Geschöpf: kaum imstande zu gehen, eine schwere Last auf dem Rücken, dazu getrieben, weiterzugehen und zu funktionieren.

Die Version des Pferdes mit ihrem Kopf, die so berühmt geworden war, war also keineswegs die erste gewesen. Maureen hatte diese im Alter von 21 auf eine große Leinwand gemalt und ihre Stiefmutter war so begeistert davon gewesen, dass sie ihr eine Agentin besorgt hatte, die das Bild berühmt gemacht hatte. Viel mehr oder Persönlicheres konnte ich nicht über Maureen herausfinden.

Ich lehnte mich in meinem Stuhl zurück. All das verriet mir immer noch nicht, was Maureen von mir wollte. Die Mischung aus Erschöpfung und Aufregung brachte mich zum Lachen. Ich musste endlich diesen verdammten Troy Feathers aufspüren. Außerdem gab es da noch das mysteriöse verschlossene Stockwerk in Maureens Haus. Ich wollte wissen, was sich dort verbarg. Aber dann wollte ich es auch doch wieder nicht wissen. Ich begann erneut hysterisch zu kichern. Es ging mir nicht gut.

12. DER JUNGE

Die Mutter war so lange krank wie noch nie. »Burnout« hatte sie gesagt, aber der Junge wusste nicht genau, was das für eine Krankheit war. Er wusste jedoch sehr genau, was es für ihn und seine Schwester bedeutete: Kein Verstecken im Schrank. Sie hatte versucht, ihn trotzdem dazu zu überreden, aber er wollte das nicht. Wenn seine Mutter zu Hause war, konnte er einfach nicht in diese ganz andere Welt eintauchen, in der es nur sie beide gab – und keine Regeln.

Dass sie sich nun eine ganze Weile schon nicht mehr so nahegekommen waren, schwächte ihre Verbindung. Sie verbrachten zwar immer noch viel Zeit miteinander – im Klassenraum, in den Pausen, auf dem Heimweg, zu Hause – Trotzdem hatte er das Gefühl, sie würde ihm entgleiten. Sie sah ihn seltener an. Sah ihn anders an. Teilte ihre Geheimnisse nicht mehr mit ihm. Das frustrierte ihn. Er begann, Alison wieder heimlich zuzulächeln. Etwas, womit er nach dem ersten Kuss im Schrank aufgehört hatte. Alison lächelte zurück. Der Junge passte auf, dass seine Schwester es nicht bemerkte, aber einmal übertrieben er und Alison es. Sie sahen sich im Geographieunterricht zu lange an. Seine Schwester bemerkte es. Den Rest des Schultags verbrachte sie auf der Krankenstation, weil sie auf einmal starke Bauchschmerzen bekommen hatte.

Ab da ließ der Junge das mit den Blicken wieder sein. Es war einfach zu gefährlich. Er umgab sich stattdessen mehr mit seinen Kumpels, um das Loch zu füllen, das durch die neue Schweigsamkeit seiner Schwester entstanden war. Es mangelte ihm nie an Jungs, die liebend gerne mit ihm zusammen waren, heiß auf die Zigaretten, die er mit dem Geld von seiner Mutter und der Hilfe seiner älteren Freunde besorgen konnte oder sein neues Skateboard mit ihm ausprobieren wollten. Manche von ihnen hingen richtig an seinen Lippen, wenn er ihnen Storys erzählte. Joey gehörte zu denen. Er war immer loyal, einer auf den er sich verlassen konnte. Der Junge überlegte, ob er ihn mal zu sich nach Hause einladen sollte. Die Mutter fühlte sich inzwischen besser. Sie wollte in der nächsten Woche wieder zur Arbeit gehen. Das bedeutete, dass sie wieder sturmfrei hätten. Er und Joey könnten Bier trinken, einen Erwachsenenfilm schauen und über Männerdinge reden. Andererseits bestand auch die Chance, dass er dem Mädchen wieder näherkommen konnte.

13. MORTIMER

Am nächsten Tag stand ich wieder vor dem Nachbarhaus der 107 und drückte den Klingelknopf mit der Aufschrift »Feathers«. Wieder antwortete niemand und ich befürchtete, dass der Mann vielleicht inzwischen ebenfalls tot war.

Ich lungerte vor dem Haus herum, bis eine Frau herauskam. Sie schien in Eile zu sein, aber es gelang mir trotzdem, sie zu stoppen und ihr mitzuteilen, dass ich mir Sorgen um Mr. Feathers mache, da er die Tür seit Tagen nicht öffnete. »Er wohnt ja auch gar nicht mehr hier«, erfuhr ich dann, während ich neben der Frau herging, die einen Autoschlüssel aus ihrer Handtasche zog. »Weißt du zufällig, wo er jetzt lebt?«, fragte ich, als sie ihr Auto erreichte. »Ein Altenheim, glaube ich, aber ich muss jetzt wirklich los«, sagte die Frau. Dann fiel ihr aber noch ein, dass der Hausmeister womöglich eine Nachsendeadresse haben könnte.

Diese Auskunft führte mich tatsächlich, nach einigen Zwischenschritten, zum Ziel. Ein anderer Nachbar gab mir die Nummer des Hausmeisters und diesem konnte ich – als angeblicher Journalist – die Nachsendeadresse von Troy Feathers entlocken. Es handelte sich um ein Seniorenheim auf der anderen Seite der City. Eine eher bescheidene Einrichtung mit einer charmelosen Cafeteria, die mit ein paar Tricks viel gemütlicher gewirkt hätte. Dort saß ich Troy Feathers schließlich an einem Plastiktisch gegenüber, ein Kaffee vor jedem von uns. Er machte nicht den Eindruck des gruseligen Stalkers, als den seine Nachbarin Angela ihn beschrieben hatte. Aber

Angela erzählte womöglich auch jedem, der es hören wollte, dass ich ihr ins Schlafzimmer gefolgt war. Andererseits trugen Stalker ja auch nicht unbedingt eine Aufschrift auf der Stirn.

Jedenfalls machte Troy Feathers auf den ersten Blick einen weniger exzentrischen Eindruck als Angela. Er kam mir wie ein typischer gebückter, kleiner Großvater vor, der besser in einen Fernsehsessel gepasst hätte als in diese unpersönliche Cafeteria.

»Und du schreibst also einen Artikel über Maureen?«, fragte er und blies in den dampfenden Kaffee. »Ja. Wir haben da diese Web-Serie über berühmte Personen, die auf einmal von der Bildfläche verschwunden sind«, erklärte ich und sprach absichtlich von einer Web-Serie, weil ich hoffte, dass es etwas sei, dass der alte Mann nicht zu kennen erwartete. »Wir wollen die Geschichten darüber erzählen, wie es diesen Menschen ergangen ist, nachdem der Trubel um sie abgenommen hat.« Feathers wirkte einen Moment lang sehr bedächtig und ich fürchtete schon, er würde doch fragen, wo diese Artikelserie genau zu finden sei, stattdessen wollte er aber wissen: »Und wie kommst du da gerade auf mich, junger Mann?« »Na ja«, sagte ich, »es war nicht gerade leicht, jemanden aus Maureens Umfeld ausfindig zu machen und die Nachbarn meinten, du kanntest sie vielleicht. Also zumindest so gut, dass du mir ein wenig darüber erzählen könntest, wie sie so gelebt hat.« Ich wählte meine Worte mit Bedacht, um ihn nicht zu erschrecken, falls er wusste, dass er gerüchteweise ein Stalker war.

Meine Taktik schien aufzugehen. Feathers nickte und nahm einen Schluck von seinem Kaffee. »Ja, da kann ich dir vielleicht tatsächlich helfen. Du musst wissen, das Mädchen hatte nicht viele Freunde und ich hatte ab und an ein wenig ein Auge auf sie.« Ich zückte meinen Notizblock und hakte nach: »Ein Auge auf sie?« »Ja, sie kam oft spät heim. Manchmal ist sie nur so heimgestolpert. Hat es kaum mehr zur Haustür geschafft und ihre Schlüssel nicht gefunden.« »Sie war betrunken oder high?«, wollte ich wissen. »Damit kenne ich mich nicht so gut aus, junger Mann. Alles, was ich sehen konnte, war, dass das Mädchen Hilfe brauchte und ich habe eben einen leichten Schlaf. Meine Fenster gehen zur Hofseite raus, weißt du.« Also nicht in Angelas Richtung, fügte ich im Kopf hinzu. Mir gefiel nicht so recht, dass Feathers Maureen als »Mädchen« bezeichnete. Schließlich war sie eine erwachsene Frau gewesen. Sogar eine mit einem eigenen Haus. »Sie hat dort ganz allein gelebt?«

»Nach der Sache mit ihrem Bruder schon«, erwiderte Feathers und rührte nun mit einem Löffel in seinem Kaffee herum. Ich wollte lieber nicht zugeben, dass ich nicht einmal gewusst hatte, dass Maureen einen Bruder gehabt hatte. Das hätte ihn womöglich an meinem journalistischen Können zweifeln lassen. Also sagte ich, ganz vorsichtig: »Kannst du mir die Sache mit dem Bruder noch mal ganz genau erklären? Mir konnte das bisher niemand richtig schildern.« Feathers nickte: »Na, dass er sich umgebracht hat, weißt du ja bestimmt?« »Ähm, wie genau war das noch mal?«, hakte ich nach und versuchte, mein Erstaunen zu verbergen. »Sie wollten sich wohl zusammen umbringen. Maureen und ihr Bruder. Haben ja immer eine Zeitlang alles zusammen gemacht. Richtig aneinander geklebt haben die beiden. Außer es war gerade mal wieder Zoff. Dann habe ich ihn schon mal eine Weile nicht gesehen. Aber er kam immer wieder. Und irgendwann haben sie dann diesen Mist gemacht. Er hat sie ganz bestimmt dazu überredet. Sie war eigentlich vernünftig, die Kleine. Ich sag dir, er war es, der sie verrückt gemacht hat. Er war ein Wichtigtuer und Taugenichts. Hat sich immer überall aufgedrängt und allen Frauen die Einkaufstüten ins Haus getragen. Auch wenn das gar nicht nötig war.« Er schien beim Echauffieren einen Moment den Faden verloren zu haben. »Und der Selbstmord?«, erinnerte ich ihn. »Ja, richtig. Dazu hat er sie bestimmt gedrängt. Sie sind zusammen von einer Klippe gesprungen, über einem See im Westen. Wollten sich wohl so umbringen. Aber sie hat es überlebt, er nicht. Ich sag, da hatte Gott seine Finger im Spiel. Nur kam sie sehr schlecht damit klar, dass er weg war, obwohl es eigentlich gut für sie gewesen ist, dass er ihr nicht mehr in alles reinredete.« Er rührte wieder gedankenverloren in seinem Kaffee.

»Sie wohnte vorher also mit ihrem Bruder in dem Haus und danach alleine – und da war sie depressiv oder verwirrt? Wie würdest du ihren Zustand beschreiben?« »Ja, das trifft es wahrscheinlich ganz gut«, stimmte Feathers dazu. »Anfangs zumindest. Irgendwann hat sie sich dann ja gefangen. Sie war eine Weile weg und als sie wiederkam, ging es ihr viel besser. Sie hatte dann auch diesen neuen Freund.« »Sie war weg? Hat sie eine Therapie oder einen Entzug gemacht?« »Ganz bestimmt so etwas. Aber davon versteht ein alter Mann wie ich nicht viel. Früher mussten wir uns einfach so wieder einkriegen.« Ich nickte. Es schien ihn zu wurmen, dass er mir keine genauere Auskunft geben konnte. »Und dieser neue Freund? Kanntest du den?« »Ja, den kannte ich – und ganz ehrlich: Er taugte auch nicht mehr als ihr Bruder. Er hatte Geld, war kein Schmarotzer. Aber trotzdem ein schlechter Einfluss und kein starker Mann, wie sie ihn an ihrer Seite gebraucht hätte.« »Wie meinst du das?« »Sie hatte eine Überdosis.« Er überlegte kurz.

»Um die zehn Jahre muss das jetzt her sein. Sie ist in dem Haus gestorben, in der Hill Road. Er hat sie da gefunden. An dem Tag hab ich ihn nicht gesehen, weil viel Aufruhr war. Aber später kam er zurück und stand nur da auf dem Gehsteig und hat das Haus angestarrt. Hat geflennt wie ein Baby«, flüsterte Feathers, als ob das etwas Verwerfliches wäre. Meine Sympathie für ihn schwand mit jeder Minute. »Ich hab ihm einen Tee gemacht und da hat er mir gesagt, er hat ein ganz schlechtes Gewissen, weil sie ihm das Haus vererbt hat. Er hat gesagt, dass sie die Pillen, die sie geschluckt hat, von einem seiner Bekannten bekommen habe. Er hätte nichts davon mitbekommen. Selbst wenn es so war: Er hätte es mitbekommen und sie beschützen müssen, nicht hinterher rumheulen. Aber ich sage dir: Maureen hatte ein ganz schlechtes Gespür für Menschen. Hat sich immer auf die falschen eingelassen.« Ich versuchte, Feathers noch weitere Details über den Freund zu entlocken, doch er schien nicht mehr zu wissen, wirkte immer ungehaltener und ließ sich nur noch darüber aus, wie ein Mann zu sein hätte. Ich war nicht sicher, ob er wirklich mit Maureens Freund gesprochen hatte oder ob er nur über die Sache mit der Überdosis und dem Erbe gehört und mir eine passende Geschichte aufgetischt hatte, in der er selbst eine Rolle spielte. Bei dem Erben musste es sich um Jason Brandsted handeln, den Unternehmer, der vor Bill in Besitz des Hauses gewesen war. Er war also Maureens Freund gewesen – und sie war im Haus gestorben. An Pillen. Es fiel mir schwer, das Gehörte zu verdauen, mir meine Nervosität nicht anmerken zu lassen und weiter am Ball zu bleiben.

Ich versuchte, mich zu konzentrieren und da fiel mir etwas ein: »Eine Nachbarin hat gesagt, Maureen hätte all ihre Sachen verschenkt. Erinnerst du dich daran?«

Feathers nickte. »Oh ja, natürlich. Furchtbar war das – und auch das hatte sie wieder ihrem verdammten Bruder zu verdanken. Sie hat das nur getan, weil sie es nach seinem Tod nicht ertragen konnte, die Sachen, die ihnen gemeinsam gehört hatten, weiter zu sehen.

Ich wollte das arme verwirrte Mädchen aufhalten, aber sie hörte einfach nicht auf mich. Sie sagte, sie könnte nicht mehr in einem Haus leben, das so vollgestopft mit Erinnerungen an ihr gemeinsames Leben ist. Ich sagte ihr, sie soll sich das noch mal durch den Kopf gehen lassen und wenn, dann nur seine Sachen verschenken und alles Wertvolle behalten. Aber sie wollte nicht hören und ist ganz wütend geworden. Sie machte einfach die Türe auf und alle Nachbarn spazierten rein und nahmen schamlos, was ihnen gefiel. Obwohl sie ja ganz eindeutig nicht ganz bei sich war, als sie gesagt hat, sie könnten alles nehmen. Das arme Mädchen stand völlig unter Schock. Weißt du, du kannst dir gar nicht vorstellen, wie schlimm das war. Sie wohnte ja auch nur noch oben in dem Stockwerk, das nicht ausgebaut ist, weil sie die alte Wohnung unten nicht mehr sehen wollte. Nur zur Toilette und um sich zu waschen, kam sie nach unten. Sie hatte dieses Haus ganz für sich selbst, hat aber gelebt wie eine Hausbesetzerin. Schlimm war das.«

Auch wenn es mir nicht gefiel, welchen Anstrich Troy Feathers bestimmten Aspekten verpasste, so hatte ich doch auf einmal dank ihm eine Geschichte vor Augen:

Maureen war mit ihrem Bild überraschend zu einer Berühmtheit geworden. Mit dem Trubel war sie nicht gut klargekommen. Sie hatte sich ein Haus gekauft und war dort mit ihrem Bruder eingezogen, der ihr vermutlich Sicherheit vermittelt hatte. Oder zumindest hatte sie sich das von ihm erhofft. Doch den beiden war es offensichtlich nicht gut gegangen, da sie versucht hatten, sich umzubringen. Ihm war das gelungen, ihr nicht. Sie hatte daraufhin alleine weitermachen müssen und war immer weiter abgerutscht. Irgendwann hatte sie versucht, sich wieder aufzurappeln und es war ihr eine Zeitlang gelungen. Vermutlich mit irgendeiner Art von Therapie und einer neuen Liebe im Anschluss. Aber dann hatte sie es doch nicht geschafft zu überleben und war an der Überdosis gestorben. Ob beabsichtigt oder nur, weil sie versucht hatte, ihrem Leben für ein paar Momente zu entkommen und sich leichter zu fühlen. Vielleicht hatte sie nur versucht, für kurze Zeit nicht mehr das klapprige Pferd zu sein, das eine zu schwere Last auf dem Rücken trägt.

Mir fiel etwas anderes ein: »Waren Sie auch in Maureens Haus, an dem Tag, an dem sie alles verschenkt hat?« »Aber natürlich. Ich habe versucht, die Aasgeier aufzuhalten, als sie das ganze Zeug rausgeschleppt haben und wollte Sie zur Rede stellen. Aber du weißt ja, wie Menschen sind.« Ich nickte betreten. Das wusste ich. »War da der erste Stock auch schon… ähm… verschlossen? Also der Durchgang über der Treppe verbarrikadiert?« Feathers nickte. »Ja, das war so. Genau aus dem Grund, warum sie auch die Sachen verschenkte. Ich hab sie danach gefragt. Sie sagte, dass der erste Stock der Bereich war, in dem sich vor allem ihr Bruder ausgebreitet hatte. Mit seinen ganzen Sachen. Er war Musiker, weißt du. Das nannte er einen Beruf. Verrückt. Hat manchmal ganz schön rumgelärmt da drüben mit seinen Leuten. Sie haben da Musik gespielt und gefeiert – und die arme Maureen musste es ertragen. Und da im ersten Stock hat sie wohl noch ein paar persönliche Sachen von ihm aufbewahrt, die nicht wegsollten. Aber sehen wollte sie die auch nicht mehr. Also hat sie ein paar Kumpels geholt – schräge Typen, wenn du mich fragst – und die haben das Stockwerk zugemacht. Anscheinend kann man es nicht mal mehr von der Terrasse aus erreichen. Da geht es nur noch direkt mit einer Treppe nach ganz oben.« Ich nickte. Jetzt wusste ich also, was im ersten Stock versteckt war. Das Reich des toten Bruders. Mir fiel auf, dass er noch nicht einmal einen Namen hatte.

»Und ihr Bruder... ähm, wie hieß er noch mal...?«, sagte ich und tat so, als würde ich in meinen Aufzeichnungen blättern. »Cale. Er hieß Cale.« »Ja, richtig. Stimmt.« »Was ist mit ihm?« Die Frage brachte mich etwas aus dem Konzept. Ich hatte schließlich nur erfahren wollen, wie er eigentlich hieß. »Ähm... ja, Cale. Wie war er denn so?« Feathers wies drauf hin, dass er das doch bereits geschildert hatte, betonte aber dann sehr gerne noch einmal, dass Cale ein Schmarotzer und Taugenichts gewesen sei und ein Wichtigtuer – tätowiert bis zum Hals hinauf. Dieser letzte Nachsatz brachte mich endgültig aus dem Konzept. Ich ließ den Stift fallen und muss Feathers derart entsetzt angesehen haben, dass er mich fragte, ob alles in Ordnung sei. Ich winkte ab, trank schnell von meinem inzwischen kalten Kaffee, an dem ich mich verschluckte. Der Mann auf der Terrasse. Bis zum Hals tätowiert. Aber das konnte natürlich auch ein Zufall sein. Viele Leute im hippen Salsola Springs waren bis zum Hals tätowiert.

Feathers sah mich an. Nachdenklich. Ich trank weiter stur meinen Kaffee und starrte in die Tasse. Hatte er mich durchschaut? Konnte er auf einmal durch meine Fassade sehen und erkennen, dass ich kein Journalist war, sondern nur ein Kerl, der Geister sah und am Durchdrehen war? Ein Kerl, der nach jeder greifbaren Information lechzte. Als Feathers sich räusperte und wieder sprach, wurde mir klar, dass er nicht über mich nachgedacht hatte, sondern darüber, ob er mit einer Information herausrücken sollte. »Ähm… nun ja«, stammelte er schließlich. »Ich habe damals auch etwas mitgenommen. Natürlich nur, um es für Maureen aufzubewahren und ihr zurückzugeben. Sie wollte es nämlich nicht mehr und ich war sicher, dass sie es irgendwann wieder wollen würde. So weit kam es aber dann nicht mehr und darum habe ich es auch noch.« Die Spannung war kaum zu ertragen: »Und was ist es?« »Na ja, ein Brief von ihrem Bruder. Du wirst schon sehen. Ein ziemlich intimer Brief.« Mir fiel beinahe erneut der Stift aus der Hand. »Ich wollte so was Persönliches natürlich gar nicht lesen.« Ich nickte nur, um Feathers zu bestärken, damit er bloß keinen Rückzieher machte. »Aber er lag da ganz offen rum auf einer Kommode und da dachte ich, besser nehme ich ihn, bevor ihn irgendjemand noch an die Presse gibt.« »Ja, natürlich. Das war eine sehr gute Idee. Und du hast ihn noch?« »Das weiß ich nicht. Ich bin erst vor Kurzem umgezogen und habe einfach alle Dokumente in die Kisten geworfen. Womöglich war er da noch dabei. Es kann aber auch sein, dass ich ihn über die Jahre weggeworfen habe. Nachdem das Mädchen ja tot ist…« Ich konnte sehen, dass er log. Troy Feathers wusste genau, wo dieser Brief zu finden war. Er hätte ihn nie weggeworfen. Die kurze Zeit, die er brauchte, um ihn für mich herauszusuchen, schien meine Annahme zu belegen, auch wenn er sich mühte, zu erklären: »Es gab eigentlich nur einen Ordner, in dem ich so etwas abhefte – und er war tatsächlich noch da.« Ich bedankte mich, nahm den Brief an mich und ging, um ihn alleine zu lesen. Ich war aufgeregt und fühlte mich zugleich abscheulich. Ich war sicher, dass Troy Feathers nicht der wohlwollende Nachbar war, als den er sich darstellte. Vielleicht hatte Angela doch recht mit ihm gehabt. Obwohl seine Fenster zur anderen Seite zeigten.

14. DER JUNGE MANN

Sie sagte: »Ich bin so froh, dass wir das jetzt durchziehen.« Er nickte nur. Sie faltete das Blatt Papier feierlich zu einem kleinen Viereck zusammen und ließ es in ihrer Jeanstasche verschwinden. Auf diesem unscheinbaren Zettel hatte sie damals als Teenager ihren Plan festgehalten. Dann traten sie Hand in Hand an die Kante heran. »Happy Birthday, Zwilling«, sagte sie und lächelte ihn an. All die Jahre und er hatte sie fast noch nie lächeln sehen. Sie wirkte in diesem Moment so entspannt, so glücklich, wie er sie noch nie erlebt hatte. »Happy Birthday, Zwilling«, gab er zurück. So wie jedes Jahr. Dann schauten sie nach unten, in die Schlucht, zu der Wasseroberfläche, die so weit entfernt war. »Ich zähle von drei runter, okay?«, fragte sie. Sie klang aufgeregt. Er nickte nur. Dann löste er seine Hand aus ihrer und erklärte: »Ich glaube, ich will sie ausstrecken.« Nun nickte sie. Verständnisvoll. »Das ist eine gute Idee. Ich glaube, das will ich auch, Zwilling. Bereit?«, wollte sie wissen. »Und wie«, sagte er. Sie traten noch einen Schritt näher an die Kante heran, so dass ihre Zehen schon beinahe in der Luft schwebten. »Drei.« Sie schloss die Augen – und er war froh darüber. Er hoffte, sie würde die Zufriedenheit, die sie jetzt ausstrahlte, mit in den Tod nehmen. Ihr Tod würde ein friedlicher sein. »Zwei.« Ihre Stimme klang fest. Furchtlos. »Eins.«

»Null.« Im Moment, in dem sie das Wort aussprach, drehte sie sich zu ihm um. Sah, dass er zwei Schritte zurückgetreten war. Ihre Blicke trafen sich. Sie erkannte, dass er nicht springen würde. Gleichzeitig brachte die

Drehung ihres Körpers sie aus dem Gleichgewicht. Er erlebte die Szene wie in Zeitlupe. All die Zufriedenheit wich von einem Sekundenbruchteil auf den anderen aus ihrer Miene. Nein, ihr Tod würde kein friedlicher sein. Sie schwankte, konnte sich nicht mehr halten, streckte die Hand aus. Streckte ihre Hand *nach ihm* aus. Aber er griff nicht danach – und ihr Gesicht war eine verzerrte Fratze. Sie schrie als sie fiel. In die Schlucht stürzte. In das weit entfernte Wasser. Sie war weg. Weg für immer. Er war frei. Und vollkommen allein.

15. MORTIMER

Es war ein Abschiedsbrief. Der Abschiedsbrief ihres Bruders – und gleichzeitig war es ein Schuldeingeständnis und eine Bitte um Vergebung. Als mir das bewusst wurde, kroch ein eiskalter Schauer an meiner Wirbelsäule hinab und ich fröstelte, obwohl es im Auto stickig heiß war. Die Geschichte, die der Brief erzählte, erinnerte mich auf verschiedene Weisen an meine eigene Vergangenheit. Ich war Empfänger und Absender des Briefs gleichzeitig. Der Firmenwagen stand noch vor dem Seniorenheim und mein Parkticket würde bald auslaufen. Ich hatte aber nicht länger damit warten können, den Brief aus dem Umschlag zu ziehen und zu lesen – und jetzt konnte ich nicht losfahren, weil ich zitterte.

Meine geliebte Maureen,

ich weiß, dass ich einen schlimmen Fehler gemacht habe und ich weiß, dass er eigentlich unverzeihlich ist. Aber es tut mir so leid und ich hoffe, du verzeihst ihn mir doch... da wo du jetzt bist. Manche Leute würden vielleicht sagen, es ist zu spät dafür, aber ich weiß, dass es nicht so ist, weil es mehr gibt als dieses Leben hier. Das hast du ja immer gesagt.

Ich will, dass du weißt, dass ich dich nicht im Stich lassen wollte. Ich war nur einfach in diesem Moment zu feige, um es durchzuziehen. Du kennst mich. Ich bin nicht so furchtlos wie du. Ich konnte mich nicht bewegen und das tut mir so verdammt leid. Es war so als wäre ich festgefroren.

Aber als du weg warst, habe ich kapiert, was da gerade passiert ist. Ich habe kapiert, dass ich alleine bin. Ich kann doch nicht ohne dich sein und das weißt du. Du bist alles für mich. Ich liebe dich. Nur dich. Alle anderen waren mir immer egal und das weißt du.

Ich kann nicht ohne dich sein. Und darum werde ich jetzt das tun, was wir vereinbart haben. Damit ich wieder bei dir sein kann. Das Leben ohne dich ist sinnlos. Ich komme zu dir, Maureen und bitte, bitte verzeih mir, wenn wir uns in einer anderen Realität wiedersehen. Okay?
Wir haben gesagt, wir lassen das Schicksal selbst entscheiden, was mit uns passieren wird. Wenn wir es überstehen, müssen wir weiterleben, wenn nicht, dann ist es richtig so. Der Pakt mit dem Schicksal darf nicht gebrochen werden. Das hast du selbst gesagt. Ich werde mich dran halten und springen. Und ich bin sicher, dass das Schicksal nicht will, dass ich weiterlebe. Mit meinem Tod kann ich meine Schuld begleichen. Es ist gut so.

Ich sende diesen Brief an Joey, damit er ihn auf dein Grab legen kann. Irgendwie denke ich, so sollte es sein.

-Dein dummer Zwilling, der dich bis in alle Ewigkeit liebt.
Cale

Ich musste aus dem Auto steigen und mir die Beine vertreten. Etwas frische Luft schnappen, während ich nachdachte. Der Brief verwirrte mich. Feathers hatte erzählt, dass der Selbstmord ihres Bruders Maureen zugesetzt hatte. Nun hatte ich die Zeilen gelesen, in denen er diesen ankündigte – aber offenbar in der Annahme, dass Maureen tot sei. Und welcher schlimme Fehler tat

Cale leid? Wobei hatte er sie nicht im Stich lassen wollen? Was war das für ein Pakt mit dem Schicksal, von dem Cale sprach?

Ich konnte mir nur ein mögliches Szenario vorstellen:

Die Geschwister, laut der Verabschiedung sogar Zwillinge, hatten sich zum gemeinsamen Selbstmord verabredet. Oder besser gesagt: dazu, ihr Schicksal herauszufordern. Feathers hatte gesagt, sie waren von einer Klippe gesprungen. Es musste ein Sprung aus großer Höhe gewesen sein, der sich aber mit sehr viel Glück überleben ließ. Sie hatten gemeinsam springen und sich dem ergeben wollen, was mit ihnen geschah. Nur ließ der Brief darauf schließen, dass Cale einen Rückzieher gemacht hatte. Er hatte Maureen alleine springen lassen, weil er vor Angst erstarrt war. Das hatte er dann so sehr bereut, dass er den Brief geschrieben hatte und doch noch gesprungen war – in dem Glauben, dass Maureen tot und er ganz alleine wäre. Aber sie hatte überlebt. Vermutlich hatte jemand sie aus dem Wasser gefischt und den Notruf gewählt, ohne dass Cale es mitbekommen hatte. Nur darum war sie diejenige gewesen, die ganz allein zurückgeblieben war. Ein Schicksal, das sie nur für begrenzte Zeit ertragen hatte.

Was für eine sinnlose shakespearesche Tragödie. Doch ich kannte sinnlose Familientragödien. Ich selbst hatte einfach nur versucht, das Richtige zu tun. Hatte jemanden retten wollen und damit letztendlich verraten und umgebracht. Eigentlich sogar zwei Personen.

Auf einmal begann ich zu begreifen, warum die 107 Hill Road ausgerechnet nach mir rief. Warum Maureen zu mir sprach. Zwei Geschwister, die zusammen in eine Katastrophe abrutschten. So ließ sich Maureens Geschichte zusammenfassen – und auch meine. Nur hatte bei ihrer Variante niemand überlebt. Ich dagegen stand noch hier auf dem Gehsteig und atmete die Mittagshitze ein. Eigentlich hatte ich es aufgegeben, mich zu fragen, ob ich das Leben verdiente. Aber in Momenten wie diesen tat ich es doch.

Ich versuchte, mich wieder ganz Maureens Geschichte zuzuwenden. In meinen Gedanken stolperte ich über das Wort *Geschwister*. Cale hatte sich in seinem Brief nicht angehört, als würde er an seine Schwester schreiben. »Meine geliebte Maureen…« Natürlich liebten Geschwister sich auf irgendeine Weise – in den meisten Fällen. Aber die Liebe, die Cale in seinen Zeilen zum Ausdruck brachte, klang nach einer anderen Art von Zuneigung. »Du bist alles für mich. Ich liebe dich. Nur dich.« Zwischen den beiden musste doch mehr gewesen sein als nur familiäre Bande. Also auch noch eine tragische Liebesgeschichte? Egal, was es war: Es gab eine Person, die mir mit Sicherheit mehr verraten konnte – und die hatte mir der Brief praktischerweise gleich mitgeliefert: Joey. Derjenige, der das Schreiben auf Maureens Grab legen sollte.

Der Name Joey allein wäre etwas wenig gewesen, aber das Blatt Papier, auf dem Cales Worte geschrieben waren, hatte in einem Umschlag gesteckt – und dieser war mit Joeys Anschrift und seinem vollen Namen versehen. »Joey Santoz aus dem 87 Parkway, wir müssen uns unterhalten«, dachte ich.

Doch bevor ich das in Angriff nahm, zog ich mein Telefon heraus und suchte nach Cale West. Ich fand einen alten Artikel über seine Band. Da war ein Bild von ihm hinter seinem Drumset. Die Tattoos und das haselnussbraune Haar erkannte ich auf Anhieb wieder.

16. JOSEPH

Joseph, den alle Joey nannten, ordnete die Kerzen-
ständer im Schaufenster neu. Es war ein ruhiger Nachmittag. Nun, eigentlich waren die meisten Nachmittage
ruhig. Der Laden kämpfte um seine Existenz, seit Joey
ihn eröffnet hatte. Doch er liebte das, was er hier tat und
vielleicht würde eines Tages einer dieser Renovierungs-
profis aus einer TV-Show hereinschneien, das Stück bei
ihm finden, das eine alte Bude richtig aufpeppen konnte,
und den Shop von einem Tag auf den anderen berühmt
machen. Joey hoffte bei jedem neuen Gesicht in seinem
Laden auf das große Glück.

Der Mann, der die Türglocke in diesem Moment
zum Klingeln brachte, hätte telegen sein können, wenn
er nicht so mitgenommen gewirkt hätte. Da er kein
Filmteam mitbrachte, sondern nur eine Kamera um den
Hals hängen hatte, musste der große Durchbruch wohl
noch warten. Egal. Joey freute sich auch über jeden gewöhnlichen Kunden. Er richtete sich vorsichtig zwischen
seinen Ausstellungsstücken auf, rückte seine Kappe zu-
recht und stieg über ein großes Kissen, um zu dem Mann
zu gelangen. Dieser sah sich interessiert um. Als Joey
ihn erreichte, bewunderte er gerade die alten Töpfe und
Rührlöffel, die in einem Bereich des Ladens von der Decke hingen.

»Kann ich helfen?«, fragte Joey und stellte fest, dass
der Mann aus der Nähe noch mitgenommener aussah.
Zwar war er gut gekleidet, aber er sah aus, als habe er
zwei Monate lang nicht geschlafen. »Das ist ein sehr
schöner Laden«, sagte er nun und besah sich eine Kommode, wobei er in die Hocke ging. »Viel Europäisches,

oder? Nicht leicht zu finden, so ein Angebot.« »Ja, ich mag den europäischen Stil. Danke. Dass ich hier in der Seitenstraße nicht leicht zu finden bin, ist ein bisschen mein Problem. Es verirrt sich selten neue Kundschaft hierher… Die ist übrigens wirklich alt. Daher der Preis«, fügte er erklärend zu dem Möbelstück hinzu. »Das sehe ich. Biedermeier-Stil. Österreich. Ich würde schätzen 1820?« »Nah dran. Schätzungsweise 1840. Du bist wohl vom Fach?« »Nein… nein«, entgegnete der Kunde und erhob sich schnell wieder. Aber Joey hatte das Gefühl, dass er eigentlich etwas anderes hatte sagen wollen.

»Das ist… nur ein Hobby«, erklärte er und stellte sich als Peter Miller vor, freier Journalist bei einem lokalen Lifestylemagazin. Würden Joeys Hoffnungen doch noch erfüllt? »Und du interessierst dich für den Laden?« Joeys dunkle Augen strahlten. »Oh, nein, sorry«, sagte Miller. »Ich meine…« Es war ihm sichtlich unangenehm, Joey falsche Hoffnungen gemacht zu haben. »Natürlich interessiere ich mich für den Laden. Er ist großartig und vielleicht kann ich dir auch neue Kunden vermitteln. Aber als Freier Mitarbeiter entscheide ich nicht über die Themen, die wir bringen. Ich bin heute aus einem anderen Grund hier.« »Oh.« Joey richtete sich kerzengerade auf. Er war auf der Hut. Was konnte der Journalist von ihm wollen? Ging es um irgendwelchen Klatsch und Tratsch? Wurde jemand aus der Nachbarschaft verdächtigt, ein Serienkiller zu sein und dieser Journalist wollte ihn dazu verleiten, zu behaupten, dass er schon immer etwas geahnt habe? Dann sagte Miller das Letzte, womit Joey gerechnet hätte: »Es geht um Maureen und Cale West.«

Joey zog die Brauen zusammen. »Du kennst… kanntest die beiden doch, oder?« »West?«, wiederholte

Joey und versuchte dabei, sich nichts anmerken zu lassen. »Bin mir nicht sicher. Wie kommst du darauf?« Der Journalist zog einen Briefumschlag aus der Tasche und Joey, der ihn im ersten Moment erkannte, griff danach und rief: »Wie zur Hölle…?!« Dann zügelte er sich und ärgerte sich über sich selbst. Nun konnte er kaum weiter einen auf schlechtes Gedächtnis machen. Er ließ die Hand sinken. »Sorry. Das war vielleicht etwas unsensibel«, bemerkte der Journalist überflüssigerweise. »Aber für dich hat es sich ja rentiert, oder?«, knurrte Joey. »Nein, wirklich. Es tut mir leid«, sagte Miller. »Ich wollte nur Klartext reden. Ich bin mit einem Artikel über Maureen beauftragt. Es soll darum gehen, was aus ihr geworden ist.« »Was aus ihr geworden ist? Sie ist tot«, versetzte Joey ärgerlich. Er wollte sich eigentlich am liebsten abwenden und den Journalisten ignorieren. Das Problem dabei war nur, dass sich dieser in seinem Laden befand. Sollte er ihn rausschmeißen? Er hatte noch nie jemanden rausgeschmissen. »Ich weiß. Das war schon wieder nicht gerade sensibel von mir. Mein Beileid.« »Ich kannte Maureen überhaupt nicht gut. Ich bin nur ab und an während der Schulzeit mit Cale abgehangen. Das ist ewig her.« Beinahe wartete er darauf, dass der Journalist ihm nun auch noch unbeholfen sein Beileid zu Cales Tod aussprach. Stattdessen sagte dieser aber: »Auch das kann helfen. Ich möchte ganz allgemein ein Bild von Maureen als Mensch und von ihrem Leben zeichnen. Wenn du mir nur ein bisschen was erzählst, wäre das ganz großartig. Ich muss dich auch nicht namentlich nennen. *Ein alter Freund* würde reichen.« Joey schüttelte den Kopf. »Nein, sorry, kein Interesse. Von mir aus kannst du dich gerne weiter hier umsehen«, sagte er – auch wenn ihm das eigentlich überhaupt nicht recht war, »aber ich rede lieber *mit* Menschen als über sie, sorry.« »Es ist nur so«, warf Miller ein, »dass ich bisher nur einen einzigen Bericht über Cale erhalten habe – und der ist nicht gerade schmeichelhaft. Ich muss mit dem arbeiten, was ich bekomme, aber du könntest dem vielleicht was zufügen. Mir den echten Cale näherbringen.« Joey platzte langsam der Kragen. »Ganz ehrlich: Ich bin kurz davor, dich rauszuwerfen, falls du nichts kaufen möchtest«, sagte er. Der Journalist hob beschwichtigend die Hände, was Joey aber nur noch mehr verärgerte. »Okay, okay. Nachricht kam an... Ich würde mich trotzdem noch ein bisschen umschauen, falls du nichts dagegen hast.« Joey zuckte die Achseln.

Der Journalist wendete sich einem Schränkchen zu, blieb dann aber stehen, machte auf dem Absatz kehrt und schüttelte den Kopf. Mit schuldbewusster Miene erklärte er: »Nein, sorry, Joey. Was ich dir erzählt habe, war alles Mist. Ich dachte, es wäre schlau, dich anzulügen, aber jetzt ist mir klargeworden, wie dumm das war.« Der Typ bettelte ja geradezu um eine Rauswurf-Premiere. Was wollte er jetzt schon wieder von ihm? »Mein Name ist eigentlich Momo, also Mortimer Mitchell, und ich bin kein Journalist, sondern Innenarchitekt. Ich arbeite bei Toni's Homedreams. Wir renovieren Häuser und ich bin dabei an Maureens Haus, die 107 Hill Road, geraten...« Er wollte offensichtlich weitersprechen und rang mit erhobenen Händen um Worte. »Aha«, sagte Joey, als die Stille peinlich wurde. Momo schluckte.

Penny Walters betrat den Laden und die beiden Männer zuckten zusammen, als die Türklingel ging. Penny winkte Joey zu und hielt dann auf die Puppenausstellung auf der anderen Seite des Ladens zu, wie es ihre Gewohnheit war. »Ich melde mich, wenn ich die Richtige gefunden habe.« Joey winkte zurück: »Go for it, Penny.« Er warf Momo einen fragenden Blick zu. Dieser schluckte und fuhr endlich mit gesenkter Stimme fort.

Joey musste sich vorlehnen, um ihn verstehen zu können: »Maureens Haus… Ich habe so was noch nie erlebt, aber es lässt mich nicht mehr los. Ich habe dort Dinge gesehen…« Er zuckte hilflos die Schultern. »Ich habe Albträume und kann nicht aufhören, an Maureen zu denken… und auch an Cale. Ich habe inzwischen auch einiges über ihn gehört. Ich weiß, wie dumm das klingt, aber ich habe das Gefühl… Geister«, dieses Wort hauchte er nur, »zu sehen und ich hoffe einfach, dass ich die Sache abhaken kann, wenn ich etwas mehr weiß.«

Joey starrte sein Gegenüber an: »Ja, das klingt tatsächlich ziemlich dumm.« Er senkte ebenfalls die Stimme und warf einen Blick zu Penny hinüber, die voll und ganz mit den neu eingetroffenen Puppen beschäftigt schien. »Warum sollte ich dir glauben, dass das die Wahrheit ist? Du weißt vielleicht: Wer einmal lügt, dem glaubt man nicht. Warum sollte ich glauben, dass diese verrückte Story stimmt und du nicht einfach versuchst, mich auf andere Weise auszuquetschen, weil du mit der ehrlichen Methode nichts erreicht hast?« Momo nickte und sah dabei so verzweifelt aus, dass Joey ihn einfach bemitleiden musste. Er verfluchte sein weiches Herz. »Nein, warte«, sagte Momo dann und zog sein Smartphone aus der Jeanstasche. »Da.« Er rief eine Webseite auf. »Da kannst du meinen Namen und mein Bild sehen. Das ist Toni's Homedreams, wie ich es dir gesagt habe. Sieht doch ziemlich aus wie ich, der Typ hier, oder?« »Na ja…«, erwiderte Joey. »Vielleicht wie eine Version von dir, die ab und an mal schläft.« Er grinste und sein Gegenüber musste ebenfalls lachen. Nicht humorlos also. Warum fing der Spinner an, ihm zu gefallen? Es waren immer die Spinner. »Guter Punkt. Aber mein Gesicht ist ja ein weiterer Beweis«, sagte Momo. »Ich sagte doch, ich kann nicht schlafen. Maureen… also ihre Ge-

schichte, sie verfolgt mich, seit ich in diesem Haus war.«
Diese Besessenheit von Maureen hatte etwas Unheimliches, aber die Hartnäckigkeit des Typen gefiel Joey trotzdem.

»Joey, ich habe meine Prinzessin gefunden«, rief Penny von der anderen Seite des Ladens herüber. »Toll. Einen Moment, meine Gute«, gab Joey zurück. Er sah Momo an. Seufzte. »Du wirst feststellen, dass Peter Miller zu den Freien Autoren gehört, die auf der Magazinseite kein Bild haben«, fuhr Momo fort. »Darum habe ich ihn ausgewählt. Er schreibt keine Kolumnen. Nur News. Auch alle ohne Bild. Wenn du Peter Miller googelst, wirst du so viele Bilder finden, dass du völlig überfordert bist. War noch ein Grund, ihn auszuwählen. Peter Miller war eine Erfindung. Ich bin Momo.« »Okay, von mir aus.« Joey winkte ab. »Interessiert mich alles nicht. Ich glaube dir ja. Trotzdem habe ich keine Lust, über Maureen und Cale zu reden. Noch dazu mit einem Fremden.« »Wenn ich deinen Laden bald leerkaufe, um unsere Häuser auszustatten, bin ich kein Fremder mehr«, wandte Momo ein. Joey seufzte erneut. »Joey, würdest du bitte…?«, rief Penny. »Bin in einer Sekunde bei dir«, gab er zurück. »Ich stelle dir nur ein paar Fragen, und du suchst dir aus, ob du antwortest oder nicht. Dabei trinken wir die besten Smoothies der Stadt und ich lade dich ein«, flüsterte Momo. »Bitte!« Joey wusste, dass er abgelehnt hätte, wenn sein Gegenüber ihm nicht – trotz der Augenringe – so gut gefallen hätte. Er nickte gequält.

17. ANTONIO

Als das Telefon klingelte, nahm er nichtsahnend ab. Es war Bill. Nichts Besonderes. Der wollte ihm sicherlich die nächste Bruchbude andrehen. »Bill?« »Oh, hallo Toni. Ich wollte eigentlich Momo sprechen. Ginge das?« »Ne, der ist krank. Warum sprichst du nicht mit mir, Bill? Von einem alten Sack zum anderen.« »Krank ist er?«, fragte Bill. »Wann wird er denn wieder da sein?« »Das weiß ich nicht. Hat ihn wohl schlimm erwischt.« »Aber doch nichts Ernstes?« »Das hoffe ich nicht.« »Na ja, wenn das so ist: Habt ihr beide noch mal über die 107 Hill Road gesprochen?« »Warum sollten wir, Bill? Ich habe dir letzte Woche gesagt, was ich davon halte und daran wird sich in diesem Leben nichts mehr ändern.« »Ähm… Es ist nur so«, Toni war es von Bill nicht gewohnt, dass dieser herumdruckste, »Momo wollte den Schlüssel noch zwei, drei Tage behalten.« »Den Schlüssel behalten?«, platzte es aus Toni heraus und ein paar Spucketröpfchen trafen das Telefon. »Warum das denn?« »Er wollte sich das Haus wohl noch mal ansehen. Er fand, es hat was.« »Verdammte Scheiße«, sagte Toni. »Jetzt ist es nur so«, fuhr Bill fort, »dass ich nichts von Momo gehört habe. Wahrscheinlich, weil er krank ist, wie du gesagt hast. Ich habe schon mehrmals angerufen, um nach dem Schlüssel zu fragen. Wenn du sagst, da wird auf keinen Fall was draus, brauche ich ihn jetzt wirklich dringend zurück.« »Ja, natürlich«, antwortete Toni verlegen. »Ich meine, nein, da wird nichts draus. Momo hätte den Schlüssel gar nicht nehmen sollen.« »Kannst du ihn mir besorgen, Toni?« »Ja, natürlich, Bill.

Ich tue mein Bestes. Sorry für die Unannehmlichkeiten.«
Als Toni auflegte, war er knallrot im Gesicht.

18. MORTIMER

Als ich die Klinke der Tür zu Joeys Laden mit dem Ellbogen drückte, weil ich mit zwei Smoothies beladen war, hatte ich gemischte Gefühle. Zum einen war ich froh, dass er womöglich einige der Fragen beantworten konnte, die mich quälten, zum anderen schämte ich mich. Was war schlimmer gewesen? Die Lüge einzugestehen oder die erbärmliche Wahrheit zu erzählen? Ich schätzte, ich hatte den schlimmstmöglichen ersten Eindruck hinterlassen und verstand selbst nicht so recht, warum Joey sich bereiterklärt hatte, noch einmal mit mir zu sprechen, anstatt mir auf Lebzeiten Ladenverbot zu erteilen. Er musste ein sehr gutmütiger Mensch sein. Aber in der Öffentlichkeit hatte er sich dann doch nicht mit mir blicken lassen wollen. Er hatte darauf bestanden, dass ich mit den Smoothies nach Feierabend zurück in den Shop kam – und eigentlich war mir das sogar lieber. So konnten wir uns ungestört unterhalten und ich dabei noch ein wenig seine Waren bewundern. Sein Angebot hatte mich wirklich zutiefst beeindruckt. Ich hatte das nicht nur vorgetäuscht, um ihm zu schmeicheln.

Wir saßen auf gusseisernen Stühlen, die hübsch, aber ziemlich unbequem waren. Eine rote Katze sprang auf Joeys Schoß, während wir unsere Getränke zunächst in verlegener Stille schlürften. Irgendwann fragte ich Joey nach den hübschen Holzornamenten in der Ecke neben uns. Wir plauderten ein wenig, bis er sagte: »Okay, ich finde die Unterhaltung nett. Aber wollen wir jetzt das hinter uns bringen, weswegen du eigentlich hier bist?« Ich nickte: »Okay, bringen wir's hinter uns.«

»Moment noch. Bevor du mich löcherst, habe ich eine Frage an dich«, sagte Joey und setzte seine Kappe ab. »Du hast gesagt, du siehst Geister. Meintest du das im Wortsinn oder eher im übertragenen Sinn?« »Im übertragenen«, antwortete ich aus einem ersten Impuls heraus. Dann besann ich mich eines Besseren, weil es schon zuvor nichts gebracht hatte, Joey anzulügen und er das nicht verdiente. »Na ja, wenn ich so drüber nachdenke, vielleicht nicht nur im übertragenen Sinne. Maureen und das Haus verfolgen mich in Gedanken und Träumen. Aber ich dachte tatsächlich, dass ich sie beide dort gesehen habe. Maureen im Haus. Und Cale auf der Terrasse.« »Hm, interessant«, meinte Joey und nickte. »Ich bin aber eigentlich kein Spinner, der von Auren redet und ein Medium ruft, um ein Haus von bösen Schwingungen zu reinigen. Ich reinige alte Häuser mit dem Dampfstrahler«, erklärte ich schnell. Joey lachte. »Aber irgendwo muss es doch herkommen, dass Maureens Geschichte und ihr Haus dich so beschäftigen.« »Weißt du, wie ihr Haus aussieht?«, wollte ich wissen und Joey schüttelte den Kopf. Ich meinte, eine Spur von Angst in seinen Augen zu erkennen. Er fummelte an seinem Pferdeschwanz herum. »Es ist das merkwürdigste Haus, das ich je gesehen habe«, konnte ich ohne Übertreibung sagen. Ich beschrieb Joey den Anblick, der sich mir in der 107 Hill Road geboten hatte. Dabei meinte ich, noch etwas anderes in seinen Augen zu lesen. Erstaunen? Trauer? Mitleid? Ich konnte es nicht deuten.

»Über all das kann ich dir leider gar nichts sagen. Ich war nie in dem Haus und hatte keinen Kontakt zu Maureen, nachdem Cale sich umgebracht hat. Ich meine, eigentlich hatte ich mit beiden nach der Schule kaum mehr was zu tun. Was ich dir darüber gesagt habe, war die Wahrheit. Ich bin in der Schule im Wesentlichen mit

Cale abgehangen. Als Cale sich umgebracht hat, war er 25.« »Ja, ich weiß. Aber wenn ihr nach der Schule kaum mehr Kontakt hattet, warum hat Cale denn diesen wichtigen und persönlichen Brief ausgerechnet dir geschickt? Und dich beauftragt, ihn auf Maureens Grab zu legen?« »Woher soll ich das wissen?«, fragte Joey zurück. »Vielleicht fiel ihm niemand anderes ein.« Ich wiegte den Kopf hin und her. Es half nichts. Er traute mir nicht und ich konnte nur versuchen, die Karten auf den Tisch zu legen. »Es ist alles etwas irre«, erklärte ich. »Seit ich in diesem Haus war, habe ich das Gefühl, es spricht zu mir…« »Ja, die Albträume und so weiter, ich weiß…«, unterbrach Joey und bewegte seine Hand im Kreis. Er gewann offensichtlich den Eindruck, dass es ein Fehler war, mit mir zu sprechen.

»Na ja, ich habe nicht verstanden, warum das so war. Dann habe ich erfahren, dass die Geschichte des Hauses die tragische Geschichte zweier Geschwister ist – und genau so etwas habe ich selbst erlebt. Ich möchte nicht zu viel darüber sagen. Eigentlich habe ich noch nie mit jemandem darüber gesprochen, ähm… abgesehen von meiner Therapeutin damals. Na ja, nur so viel: Ich habe etwas ziemlich Dummes gemacht und meinen Bruder dazu gebracht, sich in seinen eigenen Tod zu stürzen. Nicht wörtlich »stürzen«, wie Maureen und Cale das getan haben, aber er ist abgehauen und hat Sachen getrieben, die nicht gutgehen konnten – und die dann auch nicht gutgegangen sind. Ich habe mich jahrelang damit beschäftigt, Randy zu suchen und ihn wieder zurückzubringen. Dann habe ich erfahren, dass er tot ist. Das verfolgt mich jeden Tag meines Lebens, obwohl ich gerade mal 14 war, als Randy gegangen ist. Und auf einmal ist da dieses Haus und ich habe das Gefühl, Maureen ist noch dort und kennt meine Geschichte und fühlt sich aufgrund unserer Vergangenheit irgendwie verbunden mit mir. Ja, ich denke, dass sie deshalb mit mir sprechen will, mir was mitteilen will – und ich bin mir ziemlich sicher, dass ich keine Ruhe finden werde, solange ich nicht verstehe, was das ist. Es ist, als würde ich das Haus nie verlassen. Ich kehre in meinen Träumen dorthin zurück. Ich habe das Gefühl, meine ganze Wohnung riecht danach. Ich weiß, das klingt verrückt. Vielleicht bin ich auch einfach nur übergeschnappt und es ist wahrscheinlich leichter für dich, das anzunehmen. Aber auch wenn das nur eine Wahnvorstellung sein sollte, besteht ja vielleicht die Möglichkeit, dass ich meinen Frieden mit der Sache schließen kann, wenn ich sie besser verstehe.«

Joey sah mich an. Erstaunt. Vielleicht auch ein wenig bewundernd? Zumindest hatte meine Ehrlichkeit ihn so beeindruckt, dass er weitersprach: »Ich habe in der Vergangenheit auch Dinge getan, auf die ich nicht stolz bin. Einige davon für Cale. Ich hab eine Weile lang alles gemacht, was er von mir wollte, nur damit er mich beachtet.« Er kraulte gedankenverloren die Katze auf seinem Schoß, die zuerst schnurrte, dann auf einmal heruntersprang und davonlief. »Das war, wie gesagt, während der Schulzeit. Irgendwann habe ich begriffen, dass ich dadurch zu einem Menschen wurde, den ich nicht sonderlich mochte – und auch, dass ich von Cale dafür nie die Wertschätzung bekommen konnte, die ich mir wünschte. Ich war selbst erstaunt, dass Cale ausgerechnet mir den Brief geschickt hat«, fuhr er fort. »Wahrscheinlich war ich nach wie vor der Einzige, dem er bedingungslos vertraute und das fand ich ziemlich traurig. Immerhin hatten wir uns über sieben Jahre lang kaum gesehen. Er lebte in einer ganz anderen Welt als ich.«

»Was war das für eine Welt?«, wollte ich wissen. »Na ja, eine Art Rockstarleben«, sagte Joey und kraulte seinen Dreitagebart, nachdem die Katze nun weg war. »Ich sage *eine Art* Rockstarleben, weil ich nicht sagen will, dass es ein Möchtegern-Rockstarleben war. Das wäre zu gemein. Weißt du, ich mochte Cale wirklich und daran hat sich nie etwas geändert. Er war kein schlechter Mensch, falls es so was überhaupt gibt. Ich habe nur irgendwann erkannt, dass er ein sehr schwieriger Mensch war, der ein kompliziertes Leben führte und mit seinen ganz eigenen inneren Kämpfen zu schaffen hatte.« Ich konnte sehen, dass ihm wirklich etwas an diesem Cale gelegen hatte und er bestätigte das mit einer unerwartet offenen Aussage: »Ich sage mir, dass ich nicht mehr so dumm und manipulierbar bin wie damals als Teenager. Aber ganz ehrlich, wenn er noch leben würde, jetzt durch diese Tür marschiert käme, ganz der Alte wäre«, Er zeigte zum Eingang hinüber, »und fragen würde, ob wir noch mal von vorne anfangen könnten, würde ich vielleicht mit ihm hier sitzen, so wie ich es jetzt mit dir tue.«

Wir schwiegen für einige Momente. »Er war also damals, was? Dein bester Freund?«, hakte ich nach, um die Pause nicht zu lang werden zu lassen. »Hm, nein«, sagte Joey und lachte bitter. »Das wäre vielleicht das Beste gewesen, aber ich glaube, das traf es für keinen von uns beiden. Ich habe mir wohl immer mehr erhofft und manchmal gab Cale mir das Gefühl, dass da auch mehr sein könnte. Aber ich glaube, dass er nur meine uneingeschränkte Aufmerksamkeit genoss. Ich glaube, man kann sagen, dass er süchtig nach Aufmerksamkeit war. Keine Ahnung, ich verstehe nicht viel von Psychologie, aber vielleicht lag es daran, dass sein Vater abgehauen war und seine Mutter nie Zeit für ihn hatte. Sie war eine erfolgreiche Managerin. Sie war nie zu Hause. Aber in der Schule, da war Cale gerne der Star und stand im Mittelpunkt. Egal, ob Auftritt seiner Schülerband, im Skatepark oder bei einer Party. Er hatte einfach ein Charisma, das Menschen anzog. Und wenn er einen bemerkte, fühlte sich das fantastisch an. Ein bester Freund… Ich glaube, so was gab es für ihn gar nicht. Er ließ Leute immer nur in seine Nähe, solange sie nützlich für ihn waren. Außer Maureen. Sie war die Einzige, die Macht über ihn hatte. An die Verbindung zwischen den beiden kam nichts und niemand ran.«

»Waren sie ein Liebespaar?«, fragte ich. »Mal das eine, mal das andere. Sie waren einfach abhängig voneinander. Wenn Aufmerksamkeit Cales erste Sucht war, dann war Maureen seine zweite. Aber umgekehrt war das genauso. Oh, ach so… Sie nannten sich selbst Zwillinge, waren aber nicht wirklich verwandt, falls du das nicht wusstest.« »Äh, nein. Wusste ich nicht«, gab ich zu. »Nein, sie waren Stiefgeschwister«, erklärte Joey und stutzte dann. »Woher weißt du eigentlich die Dinge, die du über die beiden weißt und woher hast du diesen Brief?« Wieder schien er sich daran zu erinnern, dass er eigentlich keinen Grund hatte, mir zu trauen.

Ich gab ihm einen kurzen Abriss darüber, dass das Internet nicht viel hergegeben hatte und ich deshalb mit Angela und Troy geplaudert hatte, der mir schließlich den Brief ausgehändigt hatte. »Und den hatte er die ganze Zeit bei sich?«, hielt Joey kopfschüttelnd fest. »Ja, ich weiß. Ziemlich unheimlicher Typ… Aber das denkst du wahrscheinlich auch über mich«, fügte ich schnell an. Joey lachte nur. »Ich glaube, wir brauchen jetzt was Stärkeres. Er zauberte eine Flasche Whiskey hervor, die so antik aussah wie seine Ausstellungsstücke.

19. ⓇOBERT

Währenddessen suchte ein Typ namens Robert die öffentlichen Mülleimer nach Pfandflaschen ab. Ein arroganter Schnösel im Anzug ging vorbei und murmelte eine Beleidigung. Robert zeigte ihm den Mittelfinger. Aber erst als der Typ vorbei war und das nicht mehr sehen konnte – und so, dass es die Frau, die er kannte, sehr gut sehen konnte. Tilda. Sie war cool und eigentlich auch sehr hübsch. Nur etwas tollpatschig und unsicher. Robert spürte so was. Vielleicht arbeitete Tilda im selben Büro wie der Schnösel. Sie kamen zumindest jeden Werktag zur ungefähr selben Zeiten aus derselben Richtung. Falls das so war, machte er ihr sicher das Leben schwer. Das verdiente Tilda nicht. Sie hatte Respekt vor Robert und seiner Arbeit. In einer anderen Welt, in einem anderen Leben, würde sie mit ihm ausgehen. Das wusste er. Er würde sie auf einen Thron heben und ihr die Unsicherheit nehmen. »Hey Robby«, rief sie ihm zu. »Ich hab noch eine für dich.« Sie zog eine leere Cola Light-Flasche aus ihrer Tasche. Die Tasche war neu. Das sah Robert auf den ersten Blick. »Hey, Tilda. Die Tasche hat Klasse. Alexander McQueen, was? Mit was anderem solltest du dich gar nicht abgeben. Das ist dein Niveau.« Sie strahlte. »Danke, Robby.« Dann gab sie ihm die Flasche: »Hab ich extra für dich aufgehoben.« Er verbeugte sich tief, als er das Leergut entgegennahm und sie kicherte.

112

20. MORTIMER

Ich nahm einen herzhaften Schluck und sagte: »Ich hoffe, die Flasche ist keine 500 Dollar wert und ich bekomme morgen die Rechnung.« Joey winkte ab: »Ach was. Du musst morgen höchstens mit ganz anderen Folgen rechnen. Die Flasche hab ich mal kostenlos zu einem Schrank dazubekommen. Ist vermutlich uralter Moonshine und womöglich wirst du blind davon.« »Gut, das Risiko nehme ich in Kauf«, erklärte ich. Wir stießen grinsend an. Normalerweise trank ich nicht, wenn ich den Wagen dabeihatte, aber ich brauchte das jetzt ganz dringend. Ich würde mir eventuell ein Taxi rufen müssen. Der Whiskey war ziemlich stark und ich war nach einigen Schlucken nicht mehr sicher, ob das mit dem Moonshine ein Witz gewesen war. Mir brannte aber nicht nur der Alkohol, sondern auch einige Fragen auf der Zunge: »Ich kann mir immer noch nicht so richtig vorstellen, wie das mit Maureen und Cale war. Traten sie in der Schule als Geschwister auf? Oder als Paar? Oder als Freunde?« »Wenn du die Lehrer gefragt hättest, hätten sie gesagt, die beiden seien ganz normale Geschwister. Aber für uns Kids war es ein offenes Geheimnis, dass die beiden aneinander vergeben waren. Das heißt, manchmal hat es jemand von uns anderen bei ihm oder ihr versucht, aber das endete immer in einer Katastrophe.« Der Alkohol lockerte meine Zunge und ich wagte zu fragen: »Hast du es auch bei Cale versucht?«

»Nie wirklich offen. Ich war immer für ihn da, als ein Freund – oder als sein Hund, wenn du es so willst. Ich habe gehofft, er würde irgendwann die Zeichen verstehen, aber die waren ziemlich subtil.« Ich nickte. »Ich weiß nicht, ob Cale jemals verstanden hat, was ich von ihm wollte. Oder ob Maureen es verstanden hat. Auf jeden Fall gefiel es ihr nicht, dass Cale und ich viel Zeit miteinander verbrachten. Ich war nur einmal bei den beiden zu Hause. Da hat Maureen sich sofort ins Bett gelegt und gesagt, sie wäre krank. Cale hat dann gemeint, ich müsste ganz schnell gehen, weil er sie sonst nicht dazu bewegen könnte, was zu essen. Ich war damals ziemlich angepisst und dachte, sie zieht nur eine Show ab. Aber inzwischen glaube ich, es ging ihr wirklich immer körperlich schlecht, wenn sie geglaubt hat, sie müsste Cale mit jemandem teilen. Sie war ziemlich introvertiert und hat außer mit ihm kaum mal mit jemandem gesprochen. Ich denke, er war einfach alles, was sie hatte.« Ich nickte und brauchte noch einen Schluck. Joey schien es genauso zu gehen. Er schenkte uns nach.

»Aber Cale hing genauso an ihr, obwohl er in der Schule ziemlich beliebt war?«, hakte ich nach. Joey nickte. Die Katze kehrte mit einem Satz auf seinen Schoß zurück und er verschüttete beinahe seinen Whiskey. »Für Maureen interessierten sich nicht so viele Jungs, weil sie so still war und vielleicht auch, weil sie sich nie schminkte und immer weite Klamotten trug«, sagte Joey. Ich nickte: »Teenager sind oberflächliche Arschlöcher.« »Nicht nur Teenager«, antwortete Joey. »Auf jeden Fall kam es nicht so oft vor, dass jemand mit Maureen ausgehen wollte, aber als es mal passierte, hat Cale das verhindert.« »Er hat es ihr verboten? Oder hat er den Typen verprügelt?«, wollte ich wissen. »Oh nein, keins von beidem. Das war nicht Cales Art. Auch wenn er was Fieses tat, wollte er dabei gerne der coole Typ sein, den alle liebten«, erklärte Joey und trank einen Schluck Whiskey. »Will, der Typ, der mit Maureen ausgehen wollte, war ein kleiner Punk. Das heißt, zumindest so was in die Richtung. Er war so rebellisch, wie es bei einem reichen Kid auf einer Eliteschule eben werden kann. Heißt, dass er nach dem Unterricht ganz gerne mit älteren Jungs auf dem Parkplatz ein Bierchen zischte. Cale wusste das. Er wusste immer alles über jeden. Genau aus solchen Gründen: Weil Wissen über die Gewohnheiten von anderen immer nützlich sein konnte. An einem Nachmittag haben wir Will abgefangen, um auf gut Freund mit ihm zu machen.

Da war noch einer von den anderen Jungs, die immer um Cale herumschwirrten, Dave. Wir haben Will von seinen Kumpels, den älteren Typen, getrennt. Dave hat Will kurz abgelenkt. Er hat Will gefragt, ob er ihm irgendwas mit dem Fahrrad helfen könne. Aber eigentlich hatte das Rad gar nichts. Es ging nur darum, dass Will sein Bier kurz abstellte, damit Cale was reinmischen konnte. Nachdem Will getrunken hatte, ging es ziemlich schnell bergab mit ihm. Er war zuerst auf Wolke sieben, dann war ihm kotzübel und dann irgendwie beides gleichzeitig.

Cale kam ihm zu Hilfe und sagte, er bräuchte nur mal ein bisschen Wasser über den Kopf. Das war mein Stichwort. Meine Aufgabe war es, die hysterische Petze zu spielen, während Cale sich durch und durch als cooler Typ präsentierte. Mit Dave schleppte er Will in Richtung der Schulduschen, und ich rannte ins Hauptgebäude. Dort fand gerade noch eine freiwillige Kunst-AG statt und ich stürmte sie panisch und rief den Lehrer wegen eines medizinischen Notfalls. Cale hatte mir ausdrücklich aufgetragen, seinen Namen dabei zu erwähnen. Ich sollte sagen, dass Cale mit einem medizinischen Notfall auf dem Hof war. Er wusste nämlich, dass Maureen, die die AG besuchte, dann dem Lehrer folgen würde, auch wenn der ausdrücklich zur Klasse sagte, sie solle drinnen warten. So konnte Cale Will gleich doppelt vorführen: vor dem Lehrer, der zu den strengeren gehörte und vor Maureen.« Joey fügte ein »Tz« an, schüttelte den Kopf und starrte in seinen Whiskey.

»Und der Plan ging auf?«, wollte ich wissen. »Ich weiß nicht, wie er es machte, aber Cale hatte mit so was immer Erfolg. Will kotzte Maureen vor die Füße. Sie war danach fertig mit ihm. Er wurde für einen Monat von der Schule suspendiert, weil er unter Drogen stand und bekam richtig Ärger mit seinen Eltern. Sie holten ihn ab da immer nach dem Unterricht ab. Punk-Will wurde für alle zu Muttersöhnchen-Will. Und rate mal, was? Cale kam bei all dem richtig gut weg. Er war zur Stelle gewesen, hatte geholfen, aber nicht gepetzt. Niemand verdächtigte ihn. Alle gingen davon aus, dass Will freiwillig was eingeworfen hatte, das ihm nicht bekommen war.«

Wir nahmen beide einen Schluck von unserem Whiskey. Schließlich zuckte Joey die Schultern: »Das war nur eine dieser Sachen, zu denen Cale mich gebracht hat und auf die ich nicht stolz bin. Und bei Weitem nicht die Schlimmste.« Wir schwiegen eine Weile, ohne dass es komisch war. Oder zumindest, ohne dass es mir komisch vorgekommen wäre. Ich gab vor, in mein Glas zu blicken und schielte dabei immer wieder heimlich zu Joey hinüber. Er schenkte uns noch mal nach. Ich nahm einen Schluck und sagte: »Da wir schon bei Dingen sind, auf die wir nicht stolz sind: Ich habe mich wie gesagt gefragt, ob das meine Verbindung zu Cale ist: Dass ich meinen Bruder und er seine Schwester verraten hat. Aber dann denke ich auch wieder, dass er sie ja nicht wirklich verraten hat. Er hat gezögert, ist ihr ja aber dann doch hinterhergesprungen, richtig? Cale ist tot?« »Ja«, Joey nickte und nahm einen großen Schluck von seinem Whiskey. »Als ich den Brief gefunden habe, war es schon zu spät, um ihn noch aufzuhalten. Er hat ihn vermutlich auf dem Weg zum See eingeworfen.« »Im Brief stand, du solltest den Brief auf Maureens Grab legen. Aber das existierte ja gar nicht. Du hast ihr also den Brief übergeben?« Joey nickte. »Meine Eltern wohnen direkt in dem kleinen Ort, der zum See gehört. Der Buschfunk war ziemlich schnell. Ein Nachbar hat sie aus dem Wasser gezogen und erste Hilfe geleistet. Ich habe erfahren, in welchem Krankenhaus sie lag und ihr den Brief gebracht.« »Und wie hat Maureen reagiert?« Dieses Mal zögerte Joey mit seiner Antwort: »Ich kann es wirklich nicht sagen. Sie war ja schon immer ziemlich verschlossen. Aber da… Es kam mir fast vor, als wäre sie gar nicht da. Ich bin dann schnell geflüchtet, muss ich zugeben. Wie gesagt, wir hatten nie das beste Verhältnis und sind uns nach der Schulzeit höchstens noch zweimal über den Weg gelaufen. Es fühlte sich irgendwie für mich nicht richtig an, in dem Moment bei ihr zu sein. Aber im Nachhinein bereue ich es. Es war ziemlich feige von mir.«

»Auch, wenn du nicht mehr viel mit ihr zu tun hattest: Kannst du mir trotzdem was von ihrem Erwachsenenleben erzählen? Einfach irgendwas? Wie ging es ihr mit ihrem Erfolg?« Joey wiegte den Kopf hin und her: »Eigentlich war Cale immer der, der vom Berühmtsein geträumt hat, aber ironischerweise ging das dann für Maureen in Erfüllung. Also für die, die sich gar nichts aus Aufmerksamkeit machte. Ich würde sogar sagen, sie fürchtete sich davor.« »Das hat die Beziehung der beiden doch bestimmt belastet?«, wollte ich wissen. »Schwer zu sagen«, meinte Joey zuerst, doch dann korrigierte er sich: »Doch, sicher. Wenn ich so drüber nachdenke…

Aber es war ja immer ein Auf und Ab mit den beiden. Sie brauchten sich, aber sie taten sich auch irgendwie nicht gut, weil sie zu verschieden waren. Sie waren ja auch beide Menschen mit großen Problemen. Cale wollte unbedingt bewundert werden. Aber – und tut mir leid, dass ich das so klar sagen muss – Er hatte einfach kein besonderes Talent. Ich meine: Die meisten Leute haben kein ganz besonderes Talent. Ich habe kein besonderes Talent. Und das ist auch okay so, weil ich mit meiner kleinen Welt hier zufrieden bin. Nur Cale wollte mehr als so was hier.« »Du sagtest aber, er hätte ein ziemlich einnehmendes Charisma gehabt.« Joey nickte schnell und dachte dann kurz nach: »Das war definitiv seine große Stärke, aber sie reichte eben nicht für den Durchbruch mit der Band, den er so unbedingt wollte. Er war leider kein besonders guter Schlagzeuger und die Leute, mit denen er zusammenspielte, waren auch nie die Richtigen. Er trat nur auf der Stelle, und für Maureen lief es richtig gut. Irgendwie ergänzten sie sich dann auch wieder perfekt. Maureen wollte sich am liebsten verkriechen, nicht mit der Presse sprechen und so weiter. Vieles davon übernahm Cale für sie. Böse Zungen würden sagen, dass er sich schamlos in den Vordergrund gedrängt hat, aber Maureen war ihm dankbar dafür. Zumindest kam es mir so vor, als ich sie an einem Abend auf einer Vernissage getroffen habe. Sie waren eigentlich immer noch dieselben wie damals in der Schule.

Aber es hat Cale natürlich trotzdem gewurmt, dass Maureen die Erfolgreiche war, sicher. Es gab da diesen einen Abend, an dem er mich plötzlich angerufen hat. Ich hatte ewig nichts mehr von ihm gehört und auf einmal rief er an und erzählte, dass er weggehen würde. Maureen hatte wohl zu dieser Zeit einen Freund und Cale sagte mir, er hätte begriffen, dass sie sich nicht guttaten. Ich schlug ihm vor, nicht gleich über alle Berge zu

verschwinden, sondern erst mal einfach nur bei ihr ausziehen… Natürlich habe ich ihm angeboten, auf meiner
Couch zu schlafen, bis er was Eigenes und einen Job
gefunden hätte.« Wir sahen uns in die Augen und ich
wünschte, mich weniger angetrunken zu fühlen. »Aber
er hat abgelehnt?«, mutmaßte ich.

Joey griff nach meinem Glas, um nachzufüllen, aber
ich war schneller und hielt die Hand darüber. Dabei berührte mein kleiner Finger seinen Zeigefinger. Ich zog
die Hand zurück und schob den flüchtigen Gedanken
weg, dass es sich gut angefühlt hatte. Joey zuckte mit
den Achseln als sei nichts geschehen und stellte die Flasche weg. Dann griff er die Frage wieder auf: »Ja, er hat
abgelehnt.« Er schüttelte den Kopf. »Nicht extrem genug
für Cale. Bei ihm musste immer alles ganz dramatisch
sein. Er sagte, er müsse die Stadt verlassen und woanders noch mal ganz neu anfangen.« »Verstehe. Hat er's
durchgezogen?« Erneutes Kopfschütteln. »Ich habe die
beiden etwa einen Monat später noch mal zufällig getroffen. Arm in Arm wie ein Liebespaar. Das war der Moment, in dem mir klar wurde, dass sich nie was ändern
würde.«

Wir schwiegen erneut für eine Weile und dieses Mal
machte es mich nervös, weil ich merkte, dass mich unser
Gespräch einfach nicht weiterbrachte. Ich mochte Joey,
ich schätzte seine Ehrlichkeit, aber ich hatte immer noch
keine Ahnung, was Maureen von mir wollte. Verzweifelt
kramte ich in meinem leicht benebelten Hirn nach Fragen und kam auf keine bessere als: »Weißt du, wer von
beiden die Idee mit dem Sprung von der Klippe hatte?«
»Oh, das weiß ich sogar ganz genau. Es gab ja einen
Vertrag«, sagte Joey. »Einen Vertrag?« »Na ja, nicht
wirklich. Nur Kinderkram. Teenagerkram. Dachten wir

zumindest immer alle. Dass sie es wirklich durchziehen würden, hat glaube ich keiner gedacht. Aber wir wussten alle von ihrem Vorhaben und dem Vertrag. Die Erwachsenen natürlich nicht, aber wir Kids. Wir müssen um die 15 gewesen sein, als Cale irgendwann mit dem Vertrag ankam und ihn allen zeigte. Die Idee dazu kam aber von Maureen. Die beiden hatten sich auf einem Blatt Papier geschworen, dass sie eine »Schicksalsprüfung«, so hieß es da, absolvieren würden, falls sie mit 25 immer noch nicht ihr Lebensglück gefunden hätten.« »Lebensglück, wow«, murmelte ich. »So stand es da«, sagte Joey nickend. »Großes Wort für Teenager. Ich hätte mit 15 keinen Plan gehabt, was das heißt.« »Ich habe immer noch keinen Plan, was das heißt.« »Nein, ich auch nicht.« Wir sahen uns an und lächelten uns zu. »Na ja, sie hatten damals eine Definition dazu aufgeschrieben: verheiratet und erfolgreich.« Ich lachte bitter und Joey fuhr nachdenklich fort: »Ich wollte Cale den Scheiß ausreden. Auf der Toilette konnte ich ihn ohne Maureen erwischen. Aber als ich die Prüfung erwähnt habe, hat er nur gelacht und gesagt, dass es sowieso nie dazu kommen würde. Er war so sicher, dass er sein Ziel vorher erreichen würde. Der Vertrag war für ihn glaube ich nichts als eine Show, die ihn einmal mehr in den Mittelpunkt rückte. Ich glaube, er hat das Ganze nie ernst genommen.« »Aber Maureen schon«, bemerkte ich. Joey nickte. »Ich denke, sie wollte es von Anfang an durchziehen. Ich glaube nicht, dass sie Angst vor dem Tod hatte. Manchmal hatte ich das Gefühl, sie hatte vor gar nichts Angst. Sie balancierte einfach so auf dem Treppengeländer des dritten Stocks in der Schule. Daneben ging es bis runter ins Erdgeschoss. Und einmal hat sie sich auf einen riesigen Typen geworfen, der Cale verprügeln wollte, damit ihr Bruder weglaufen konnte. Sie war die Mutige von den beiden. Aber es war die Art von Mut, die nicht zu beneiden ist.«

»Wie meinst du das?« »Die Art von Todesmut, die nur Leute haben, die nicht sicher sind, ob sie Leben wollen. Die Art von »Mut«, die nur Leute haben, die an einer Klippe stehen und auch wirklich runterspringen. Die Art von Mut, die eigentlich Verzweiflung ist.« »Hm«, machte ich, weil ich nicht mehr herausbrachte. Ich war selbst einmal an einer Klippe gestanden. Meine Klippe war ein Hausdach gewesen. Ich war nicht gesprungen. Doch momentan balancierte ich auf einem Geländer im dritten Stock. Mein Geländer war die 107 Hill Road – und ich wusste genau, dass ich jeden Moment fallen konnte. Die Gedanken schnürten mir die Brust zu und ich ertrug weder Joeys Blick noch die Stille. »Ich glaube, ich habe dich jetzt lange genug gestört«, brachte ich geradeso heraus. Joey winkte ab. »Konnte ich dir denn irgendwie weiterhelfen?« Ich war ganz ehrlich und zuckte die Schultern. »Aber danke«, sagte ich im Aufstehen und merkte, dass meine Stimme zitterte. »Deine Ehrlichkeit… du warst ziemlich offen. Und das war wirklich…« Ich konnte nicht weitersprechen. Meine Zunge war belegt. »Es hat eigentlich… na ja, ganz gutgetan. Es war schön, mit dir zu reden«, sagte Joey und erhob sich ebenfalls. Ich nickte unbeholfen.

Normalerweise hätte ich wohl gefragt, ob wir uns wiedersehen würden oder zumindest versprochen, zum Einkaufen zu kommen, aber nach diesem Gespräch war es einfach nicht mehr möglich. Ich wollte niemals mit jemandem über Randy und meine Mutter sprechen. Im Gegenteil: Ich hatte das Gefühl, sogar schon zu viel gesagt zu haben und spürte ganz deutlich, wie schwer der lange Schatten war, den ich immer hinter mir herzog. Es fiel mir schwer, Joey in die Augen zu sehen. »Also dann, danke nochmal«, war alles, was ich hervorbrachte, als ich Richtung Tür ging. »Warte mal, Momo«, rief Joey mir nach. Ich hielt inne. »Vielleicht hattest du ja recht: Vielleicht will Maureen dir ja was sagen.« »Was?«, fragte ich verwirrt. »Vielleicht will Maureen dir sagen, dass du dir vergeben sollst. Für das, was du dir vorwirfst. Was auch immer das genau ist.« »Scheiße, wie kommst du auf so eine beschissene Idee? Du weißt nichts über mich«, murmelte ich. Ich war wütend, ohne es zu wollen. »Nur, dass du irgendwas getan hast, das du bereust... als du gerade mal ein kleiner Junge warst.« »Ich hätte einfach nicht herkommen sollen«, sagte ich, stürmte durch die Tür und schlug sie so heftig hinter mir zu, dass die Glocke hysterisch bimmelte.

21. ANTONIO

Momo kam am Morgen durch die Bürotür geschlichen. Er hatte sich eine Woche lang nicht blicken lassen und sah furchtbar aus. Ein Blick in sein bleiches Gesicht reichte aus, um zu erkennen, dass es ihm immer noch schlecht ging. Trotzdem war Toni fast ebenso wütend wie besorgt. Zum einen, weil Momo sich ihm nicht anvertraute und ihm nicht erklärte, was mit ihm los war, und Toni war sicher, dass es sich nicht um eine Erkältung handelte. Zum anderen war er wütend, weil Momo diesen verdammten Schlüssel an sich genommen hatte – was Toni sich einfach nicht erklären konnte.

Momo warf den Träger seiner Tasche über die Stuhllehne, ließ sich auf die Sitzfläche fallen und fuhr sein Notebook hoch. Alles nur mit einer gemurmelten Begrüßung und ohne Toni eines Blickes zu würdigen. Dieser ließ sich seufzend auf der anderen Seite der Schreibtischinsel nieder und fragte aus Höflichkeit: »Geht es dir besser?« »Alles okay«, murmelte Momo. »Ich brauch nur nen Kaffee.« »Gut, den musst du dir selbst holen. Ich bin ja nicht dein Assistent«, sagte Toni. Momo warf Toni einen finsteren Blick zu und begab sich in die Küchenzeile. Toni folgte ihm. Er verstand die Welt nicht mehr. »Okay, Momo. Ich weiß nicht, was gerade in dir vorgeht und das ist okay, solange es dein Privatleben betrifft...«, sagte er. »Okay«, sagte Momo, während er sich einen Kaffee aus der Maschine herausließ. »Aber es ist nicht okay, wenn es das Geschäftliche betrifft... und«, er konnte sich nicht bremsen, »wenn es völlig hirnverbrannter Schwachsinn ist. Was willst du mit dem Schlüssel der 107 Hill Road? Ich habe gesagt, dass meine Antwort zu dem Haus nein lautet. Die Bude ist ein statischer und designtechnischer Albtraum. Eine Bausünde. Ein schwarzes Loch, das mein Unternehmen einfach verschlucken könnte. Das muss dir doch klar sein.« »Ja, sonnenklar«, gab Momo zurück. »Warum fragt Bill mich dann nach dem Schlüssel und du sagst zu ihm, du willst dir die Immobilie noch mal anschauen?« »Weil ich Bill Scheiße erzählt habe.« »Okay, und warum? Was willst du denn dann damit?« »Meine Privatsache.« »Nicht wenn mein Unternehmen deshalb schlecht dasteht.« »Bill ist ein Arsch.« Momo nahm die Tasse und blies hinein. »Gute Geschäfte lassen sich trotzdem mit ihm machen… Was ist das mit dem Haus? Kanntest du Maureen West?«, riet Toni ins Blaue hinein. »Hab mal irgendwann von ihrem Bild gehört. Mehr nicht.« »Sie müsste doch ungefähr so alt gewesen sein wie du, oder nicht?« »Zwei Jahre älter.« Momo schien sich auf die Zunge zu beißen, als Toni ein triumphierendes »Aha« von sich gab. »Das weißt du ja ziemlich genau.« »Weil ich sie nach der Besichtigung gegoogelt habe. Geh mir bitte nicht auf den Sack, Toni. Ich fand das Haus einfach inspirierend. Dieses Unkonventionelle. Mir fehlen in letzter Zeit die zündenden Ideen. Ich dachte, ein weiterer Besuch würde mir guttun und dann habe ich mir eine Grippe geholt und konnte Bill den Schlüssel noch nicht zurückgeben.« Toni stellte ebenfalls eine Tasse unter die Maschine und drückte einen Knopf. »Eine Grippe? Bist du dir sicher?« »Ich bin kein Arzt, aber Fieber, Rotz und Husten. Würde sagen, das klingt nach einer Grippe.« »Für mich wirkt das Ganze eher, als hättest du dir irgendwas anderes eingefangen. Weißt du, was ich meine? Ein… äh, seelisches Leiden.« Er erinnerte sich daran, wie Celine den Ausdruck benutzt hat.

»Wenn seelische Leiden dafür sorgen, dass einem der Rotz aus der Nase quillt, dann vielleicht, ja.«

Momo nahm einen Schluck von seinem Kaffee und sah Toni herausfordernd an. »Warum habe ich eigentlich das Gefühl, dass du sauer auf mich bist, obwohl du mich mit dem Schlüssel hintergangen hast?«, fragte Toni, trank ebenfalls aus seiner Tasse und verbrannte sich die Zunge. »Hintergangen?«, Momo lachte. »Gut, lassen wir das mit dem Schlüssel.«, sagte Toni. »Aber ich mache mir Sorgen um dich.« »Überflüssig«, erwiderte Momo. Dieses Wort. Er hatte es eine Zeitlang inflationär benutzt. Immer dann, wenn er Toni auf Abstand hatte halten wollen. Damals, als Momo ein aufbrausender, mitgenommener, verschlossener 18-jähriger gewesen war; nachdem er nach seinem Bruder Randy auch noch seine Mutter verloren hatte. Sie war mit einem Brief in der Hand gestorben, mit dem Randy sich von ihr verabschiedet hatte, bevor er abgehauen war. Statt den Grund dafür zu nennen, hatte er nur geschrieben: »Frag Momo, warum.« Momo war damals zu einer Therapeutin gegangen und womöglich hatte er ihr anvertraut, welche Geschichte hinter diesen Worten steckte. Toni hatte nie gewagt, den Jungen danach zu fragen. Und er spürte, dass es auch jetzt Zeit war, sich zurückzuziehen und Momo mit seinen inneren Dämonen alleine zu lassen.

Nach einem zähen Arbeitstag, an dem sich die Gespräche auf das Nötigste beschränkten, verließ Momo das Büro mit der Ankündigung, den Schlüssel zurückzubringen. Nur wenige Minuten, nachdem er gegangen war und Toni ebenfalls dabei war, seine Siebensachen zusammenzusammeln, klingelte das Telefon. Er war versucht, es einfach klingeln zu lassen, ging dann aber doch ran.

»Hallo, ich wollte Momo… Mortimer Mitchell sprechen«, sagte die Stimme am anderen Ende der Leitung. »Momo hat schon Feierabend. Wer ist denn da? Kann ich vielleicht helfen?«, hakte Toni nach. Er erkannte die Stimme nicht wieder und war neugierig, was der Mann, der auf der Geschäftsnummer anrief, von Momo wollte. »Äh, hier ist Joey Santoz. Nein, ich denke, ich müsste schon mit ihm selbst sprechen«, sagte der Mann. »Geht es um was Geschäftliches?« »Ähm, ja, in gewisser Weise«, antwortete Joey. »Ich habe einen Antiquitätenladen und Momo war an ein paar Stücken interessiert… Es ist so, es gibt jetzt weitere Interessenten und ich kann nicht alles für ihn reservieren. Er sollte sich also am besten mal bei mir melden, falls er noch Interesse hat.« Ach, darum ging es also. Toni war beruhigt. Er hatte schon befürchtet, der Mann hätte etwas mit Momos Stimmung zu tun. »Das klingt gut. Ich schreibe ihm einen Zettel.« Er ließ sich die Nummer diktieren. »Ähm, können Sie ihm sagen, es würde mich sehr freuen, wenn er noch Interesse an den Stücken hätte?« »Okay.« Toni konnte sich nicht helfen. Irgendetwas an der Art, wie der Mann am Telefon das gesagt hatte, klang seltsam. Er hakte nach: »Sag mal, wann war Momo noch mal im Laden und hat sich die Stücke angeschaut?« »Ich weiß nicht genau. Kürzlich?«, gab Joey zurück. »Innerhalb der letzten Woche?« »Ähm, ja, ich denke.« Toni zog die Brauen zusammen. Während der angeblichen Grippeinfektion hatte er nicht nur den Schlüssel für die 107 Hill Road behalten, sondern auch noch einen Antiquitätenladen besucht und sich Stücke reservieren lassen? Äußerst merkwürdig.

22. MORTIMER

Ich wollte wirklich Wort halten und den Schlüssel zurückbringen. Schließlich war mir klar, dass dieses Haus langsam drohte, alles zu zerstören, was ich mir mühevoll über die Jahre aufgebaut hatte. Meine Arbeit war mein ein und alles, mein sicherer Hafen. Ich war in diesem Job immer hochprofessionell, zuvorkommend und organisiert gewesen. Bis ich die 107 Hill Road betreten hatte.

Seither hatte ich eine Woche lang keinen Finger mehr für die Arbeit gerührt, mich mit meinem Chef verkracht, einen Geschäftspartner verärgert und dafür gesorgt, dass ich den coolsten Antiquitätenladen der Stadt nie wieder betreten konnte; den Shop, in dem ich die besten Stücke gefunden hätte, um unsere Objekte aufzuwerten. Ich musste den Schlüssel loswerden. Die 107 Hill Road loswerden. Alle Gedanken an Maureen und Cale West loswerden – und nicht zuletzt: all meine inneren Dämonen wieder zum Schweigen bringen. Loswerden würde ich sie nie. Aber sie kleinhalten, das musste ich wieder schaffen.

Trotz der guten Vorsätze bog ich an der Ampelkreuzung falsch ab. Zuerst dachte ich, es wäre mir einfach nur passiert, weil ich in Gedanken versunken war. Dann wurde mir klar, dass ich mich auf dem Weg, den ich eingeschlagen hatte, nicht nur weiter von meinem Ziel – Bills Büro – entfernte, sondern gleichzeitig den Cholla Hills näherte. Die 107 lockte mich wieder an. War es der Wunsch, das Ganze zu verstehen und damit abschließen zu können? Oder wollte ich mich eigentlich vielmehr bestrafen? In den Schmerz hineingehen, um ihn zu besiegen oder nur, um ihn zu fühlen? Ich kann es nicht sagen. Ich weiß nur, dass ich viele Jahre unterbewusst immer darauf gewartet hatte, bestraft zu werden.

Als ich vor dem Haus parkte, wusste ich, dass ich bereit war, mich in Maureens verbotene Zone zu wagen: den ersten Stock. Allerdings hatte ich keine Ausziehleiter mitgenommen, da ich diesen Plan beim Losfahren noch nicht gefasst hatte. Ob es wohl noch eine andere Möglichkeit gab, das Geschoss zu erreichen, als durch das Loch im ersten Stock abzusteigen? Eventuell. Schließlich war auch der Durchbruch vom Erdgeschoss nur mit einer Spanplatte verschlossen. Vielleicht war sie nicht befestigt, sondern nur darübergelegt. In dem Fall könnte ich sie womöglich einfach von unten wegdrücken und nach oben steigen. Die Treppe war immerhin noch da.

Ich ging durch den düsteren Innenhof, schloss die Haustür auf und durchquerte den Flur mit dem klebrigen Boden. Angespannt lauschte ich, ob noch etwas zu hören war – abgesehen von den schmatzenden Lauten, die ertönten, wenn ich die Sohlen vom Linoleum löste. Nein, es war völlig still. »Hallo?«, flüsterte ich, zu ehrfürchtig, um die Stimme zu erheben. »Maureen? Bist du hier?« Keine Antwort. Ich ging in das große Zimmer mit der Treppe. Durch das kleine Fenster, das zur Straße hinausblickte, fiel goldenes Licht. Ich besah mir den Balken, der die fehlende tragende Wand ersetzte. Er hing wirklich bedenklich durch. Die ganze Decke schien durchzuhängen. Eigentlich war es schon allein deshalb nicht ratsam, den ersten Stock zu betreten. Doch das war mir in diesem Moment völlig egal. »Maureen«, flüsterte ich, bevor ich einen Fuß auf die teppichbezogene Treppe setzte. »Ich möchte dich verstehen. Ich würde gerne mit dir reden. Ich glaube, du kennst meine Geschichte.« Ich zögerte, wartete auf eine Antwort. Als diese nicht kam, stieg ich nach oben. Das hölzerne Geländer wackelte, aber immerhin wirkte der Rest der Treppe stabil, auch wenn sie ebenso halsbrecherisch steil war wie die im ersten Stock. Schließlich war ich hoch genug, um die Spanplatte zu erreichen und drückte mit beiden Handflächen dagegen. Sie gab zunächst nicht nach. Ich drückte fester. Stemmte mich mit ganzer Kraft dagegen. Für einen Augenblick hatte ich das Gefühl, sie würde sich ein ganz klein wenig anheben lassen. Womöglich einen Millimeter weit. Ich versuchte, noch mehr Kraft aufzubringen. Auf einmal schoss ein Schmerz durch meine Schulter und meinen Nacken, direkt in meinen Hinterkopf. Er breitete sich bis in die Schläfen aus. Ich ließ die Arme sinken und fluchte. Der Schmerz in den Schultern ließ ein wenig nach. Ich kreiste sie. In meinen Schläfen pochte es immer noch und mir wurde kurz schwindelig, weshalb ich mich zuerst an dem wackligen Geländer festhielt und dann doch besser auf eine der gepolsterten Stufen setzte. Normalerweise erledigten Toni und ich viele handwerkliche Tätigkeiten in unseren Immobilien selbst. Ich war harte Arbeit gewohnt und sie bereitete mir keine Probleme. Ich war körperlich ganz anderem gewachsen. Ich legte den Kopf in den Nacken und schaute zu der Platte hinauf. Vielleicht hatte ich mir nur eingebildet, dass es sich einen Millimeter bewegt hatte. Mehr ging jedenfalls nicht. Entweder war die Spanplatte wider Erwarten doch am Boden befestigt oder ein Möbelstück war draufgestellt worden.

Als ich den Kopf wieder nach unten drehte, fuhr ein noch schlimmerer Schmerz in meine Schläfen. Ich kniff die Augen zusammen und keuchte. Das Haus wehrte sich gegen mein Eindringen. Es wollte mir wehtun. Mich brechen. So erschien es mir. Vorsichtig massierte ich meine Stirn mit zwei Fingern und blinzelte in den Raum. Da fiel mir auf einmal das Keyboard auf. Ich hatte es bisher nicht bemerkt. Es stand in einer Ecke auf einem niedrigen Regal. Ein sehr kleines altes Keyboard, staubbedeckt und mit vergilbten Tasten. Auf diese waren Buchstaben geklebt: c, d, e, f, g, a, h – Genau wie auf dem Instrument, das wir früher zu Hause gehabt hatten. Überhaupt schien es genau dasselbe Modell zu sein, wie das, auf dem meine Mutter Randy und mich unterrichtet hatte. Wir hatten dieses eine Lied gemeinsam gespielt. Wie hieß es noch? Er hatte die linke Hand übernommen, ich die rechte. Von wem war es gewesen? Beethoven? Ich weiß nicht, warum, aber das Lied spielte auf einmal dröhnend laut in meinem schmerzenden Kopf. Ich verspürte das Bedürfnis, zu testen, ob meine Finger sich noch an die Bewegungen erinnern würden.

Wie ferngesteuert stand ich auf, spurtete die Stufen hinunter, ging zu dem Keyboard hinüber und legte die Finger meiner rechten Hand auf die Tasten. Es war die Hand, die ich mir in der vorigen Woche verletzte hatte. Die Finger bewegten sich wie von allein. Fester Anschlag. Die Fingerknöchel, mit denen ich auf den Spiegel eingeschlagen hatte, schmerzten. Mein Kopf schmerzte. Aber ich konnte nicht aufhören. Es war mir, als kämen Töne aus dem Instrument. Dabei war der Strom im Haus abgestellt. Das Keyboard hatte keinen Saft und konnte – außer dem Klappern der Tasten – eigentlich keinen Laut von sich geben. Ich hörte die Melodie aber deutlich in meinem Kopf. Laut und klar. Die Schmerzen wurden stärker. Schmerzen im Kopf. Schmerzen in den Fingerknöcheln. Tränen schossen aus meinen Augen und Blut quoll aus der Kruste, die sich auf den Knöcheln gebildet

hatte. Aber ich spielte immer schneller, immer hekti-
scher. Ich wollte aufhören, aber meine Finger gehorchten
nicht. Es war, als wollten sie vor etwas davonlaufen. Ich
spielte und weinte. Ich versuchte, die Hand zurückzuziehen, aber sie gehorchte nicht. Ich griff mit der anderen
Hand nach dem Handgelenk. Doch auch sie vermochte
es nicht, das Schauspiel zu beenden. Die Tasten, sie fühl-
ten sich so seltsam an. Ich blickte nach unten und sah,
dass es gar kein Keyboard war. Meine Finger bewegten
sich über die Tasten einer Schreibmaschine. Der Zeigefinger stoppte auf einmal abrupt auf dem Punkt. Ich
keuchte. Starrte auf das Blatt Papier, das im Einzug der
Maschine steckte.

Mit einem Mal waren die Kopfschmerzen fort. Ich
spürte nur noch das Pulsieren in den Fingerkuppen. Meine Hand gehorchte mir wieder. Zitternd griff ich nach
dem Blatt Papier im Einzug und zog es heraus. Da stand
der Text, den ich getippt hatte. Ich erkannte ihn sofort
wieder und wusste, dass es der genaue Wortlaut des
Briefs war.

Liebe Mum,

*ich muss gehen und es tut mir leid, dass ich heimlich
bei Nacht abhaue. Wir wissen ja aber beide, dass du
mich sonst aufhalten würdest und das geht wirklich
nicht. Du brauchst dir keine Sorgen um mich machen.
Auf mich warten richtig coole Dinge. Ich habe da, wo
ich hingehe, viel bessere Aussichten.*

*Der Typ vom Laden, bei dem ich den Minijob habe,
will ein größeres Geschäft aufziehen – und dafür will er
mich. Ich kann dir nicht sagen, wo, aber nicht hier. Ich
werde wegziehen. Er will mich für eine Position mit Ver-
antwortung ausbilden. Wenn ich 18 bin, werde ich einen*

richtig guten Posten haben. Einen Platz zum Wohnen gibt's da auch für mich.

Ich kann dir nichts Genaueres verraten, weil ich nicht will, dass du mich suchst. Ich bin mir sicher, dass das meine große Chance ist. So was kriegt man nicht jeden Tag angeboten. Und überhaupt: Hier kann ich ja sowieso nicht bleiben. Wenn du mehr darüber wissen willst: Frag Momo, warum.

Mach's gut, Mum. Ich liebe dich und ich werde dich stolz machen!
Randy

Es war der Brief, den mein Bruder damals geschrieben hatte. Bevor er verschwunden war. Darunter stand allerdings noch ein weiterer Satz, den er ganz sicher nicht geschrieben hatte:

Bring ihn her.

Ich ließ das Blatt sinken, drehte mich im Kreis und sah mich um. »Hallo? Maureen? Wen soll ich herbringen? Und warum? Randy? Er ist tot, Maureen. Ich kann ihn nicht zu dir bringen. Ich wünschte, ich könnte, aber das kann ich nicht. Er spricht nicht zu mir. Nicht wie du.« Meine Lippen bebten. Ich erhielt keine Antwort. Mit einem weiteren Blick vergewisserte ich mich davon, dass die Schreibmaschine immer noch eine solche war. »Maureen, warum Randy? Was willst du mir sagen?« In mir brodelte eine gefährliche Mischung aus Gefühlen, die mich beinahe in die Knie zwang. Furcht, Verwirrung, Ärger, aber auch eine tiefe, furchtbare Sehnsucht. »Warum antwortest du mir nicht?«, rief ich. Dieses Mal mit lauter Stimme. »Verdammt, Maureen. Sag mir, was du von mir willst. Sag mir, ob du denkst, ich habe den Tod verdient.« Ich hielt inne. Erstaunt über das, was ich gerade gesagt hatte. Ich schüttelte den Kopf. Dann hielt ich das Blatt Papier in die Luft, »Ich verstehen deine Nachricht nicht.« Stille. Ich meinte, eine Sirene weit entfernt leise kreischen zu hören. Mein Blick fiel wieder auf die Spanplatte über der Treppe. Ich wollte in diesen verdammten ersten Stock. Natürlich hätte ich von der zweiten Etage aus hinunterspringen können. Unten hatte ich viele Möbel gesehen. Bestimmt ließ sich irgendetwas davon nutzen, um später wieder nach oben zu klettern. Doch etwas in mir sträubte sich dagegen. Wenn ich da runter ging, wollte ich sicher sein, schnell wieder entkommen zu können. »Gut«, dachte ich. »Gut, dann hast du zumindest noch einen Funken Vernunft in dir.« Ich musste zurück ins Büro und mir die Leiter besorgen. Hoffentlich war sie dort und nicht in Tonis Wagen.

23. JOSEPH

Er hatte gerade Schluss für diesen Tag machen wollen. Zumindest erst einmal. Falls er nach dem Abendessen noch genug Kraft hätte, gab es noch jede Menge zu tun. Arbeit und Freizeit gingen in Joeys Alltag fließend ineinander über. Er lebte in einer kleinen Wohnung direkt über dem Laden und war ständig damit beschäftigt, die Ausstellungsstücke anders zu sortieren, zu dekorieren und neu erworbene Stücke zu restaurieren oder aufzupolieren. An diesem Abend wurde aber weder aus dem Essen, noch aus weiteren Tätigkeiten im Laden was.

Joeys Handy klingelte und er zog es aus der Tasche. Die Nummer auf dem Display kannte er nicht. »Ja?« Zurück kam erst einmal ein Räuspern, dann folgten die Worte: »Hallo, hier ist Momo.« Joey erschrak. Die Stimme war kaum wiederzuerkennen. Sie klang leise und zittrig. »Geht es dir gut?«, fragte Joey. Momo erwiderte es mit einer Gegenfrage: »Warum hast du angerufen? Mein Chef hat mir einen Zettel an den Monitor geklebt. Darauf steht was von Möbeln.« »Äh, ja, das sagte ich, weil ich ihm schlecht von unserem Treffen erzählen konnte. Aber eigentlich wollte ich nur hören, ob du okay bist.« Momo und die Art, wie er gegangen war – das hatte ihn den ganzen Tag lang verfolgt. Er war so in Gedanken gewesen, dass er einmal viel zu viel Wechselgeld gegeben hatte. Als es ihm aufgefallen war, war es bereits zu spät gewesen. »Hör zu, mein Verhalten von gestern tut mir leid«, sagte Momo. »Es war sehr freundlich von dir, mir das alles zu erzählen... Aber ähm... sorry, ich... na ja... will das Ganze nicht vertiefen.« Joey holte tief Luft: »Was vertiefen? Die Geschichte mit Maureen?

134

Dieses Gespräch? Oder... unseren Kontakt?« Schweigen. Joey nahm all seinen Mut zusammen: »Gut, dann frage ich einfach direkter: Wollen wir heute Abend was trinken gehen?« »Nein. Ich kann nicht«, sagte Momo. Auf einmal klang seine Stimme fester. Beinahe verärgert. Joey biss sich auf die Zunge. Er hätte es sich denken können. »Sorry, ich wollte nicht... aufdringlich sein«, murmelte er. »Ich kann jetzt einfach nicht«, sagte Momo und fügte nach einem Moment an. »Ich hab was anderes vor und bin ziemlich in Eile.« »Okay, dann will ich dich nicht aufhalten«, sagte Joey. Aus dem Handy kamen lediglich die Worte »mach's gut«, zurück. »Du auch«, gab Joey zurück, bevor die Verbindung unterbrochen wurde.

Joey stand reglos da. Er war maßlos enttäuscht von dem, *was* Momo gesagt hatte. Die Art, *wie* er es gesagt hatte, machte ihn dagegen stutzig. Momo hatte geklungen, als sei er gar nicht wirklich da. Er hatte gesagt, er habe etwas anderes vor und sei in Eile. Joey ahnte, wo Momo hinwollte. »Und wenn schon, er hat gesagt, dass er dich nicht sehen will«, mahnte eine Stimme in seinem Kopf. »Du redest dir nur ein, dass die Abfuhr mit dem Haus zusammenhängt, weil du die Wahrheit nicht ertragen kannst«, sagte eine zweite. Eine dritte sagte: »Lauf nicht wieder einem Menschen hinterher, der dich nicht wertschätzt und nicht verdient.« Dann dachte er daran, wie Momo mit dem kleinen Finger seinen Zeigefinger berührt hatte.

24. MORTIMER

Als ich auf die 107 zuhielt, die Leiter hinten im Pickup verstaut, beachtete ich die Person auf dem Gehsteig zunächst nicht. Ich war so sehr in meiner eigenen Welt gefangen, dass ich nicht einmal die Musik aus dem Radio hörte. Bilder aus der Gegenwart, der Vergangenheit und die Dinge, die ich über Cale und Maureen gehört hatte, vermischten sich.

Dann wurde ich in die Realität zurückgerissen. Der Mann, der da in der Abendsonne stand: Ich kannte ihn. Im ersten Moment war ich nur wütend. Joey. Dieser Kerl verstand einfach kein Nein. Ich konnte ihn jetzt nicht brauchen. Nicht in der 107 Hill Road und überhaupt nicht in meinem komplizierten Leben. Mir fiel nichts Besseres ein, als ihn einfach zu ignorieren. Ich ließ mir Zeit beim Ausladen der Leiter und schenkte ihm dabei keinerlei Beachtung. Er stand einfach nur da und wartete geduldig. Die Leiter in Händen und die Messengerbag über der Schulter, ging ich einfach an ihm vorbei, ohne ihn anzusehen oder etwas zu sagen. Ich erwartete, dass er mich ansprechen würde. Aber er tat nichts dergleichen, sondern stand da einfach nur mit verschränkten Armen. Ich musste an den Mann denken, der mir vor über einer Woche auf der Terrasse begegnet war. Cales Geist. Einen schrecklichen Moment lang glaubte ich, dass Joey vielleicht ebenfalls nicht echt war. Ich musste meinen Kopf drehen, um mich zu vergewissern, dass er immer noch dort stand – und da war ich auf einmal unfähig, einfach weiterzugehen.

Ich seufzte und blieb stehen: »Joey, was zur Hölle machst du hier?« Er zuckte die Achseln und schüttelte hilflos den Kopf. Mir wurde schmerzlich bewusst, dass ich wohl genauso reagiert hätte, wenn er die Frage an mich zurückgegeben hätte. Was machte ich denn bitte hier? Was machten wir beide hier? Wir mussten völlig übergeschnappt sein. Ich dachte an den ersten Stock, an den Geruch, der mir aus dem Loch im Boden entgegengeschlagen war, an die Dunkelheit, an Maureen. Ich musste da runter. Ich musste es durchziehen. Ich sollte ihn nicht mit reinziehen. Aber im Grunde steckte er ja auch mit drin. Er hatte Maureen den Brief übergeben und war dann schnell geflüchtet. Wir sahen uns in die Augen. Einen Moment lang dachte ich, dass da noch mehr war. Eine tiefe Traurigkeit. »Ich würde dich gerne begleiten«, sagte er. Ich seufzte. »Na ja«, sagte ich schließlich. »Vielleicht kannst du mir die Tür aufhalten.« Joey nickte, als wäre er genau deshalb gekommen. Als er auf der Treppe zur Terrasse vor mir herging, war meine Wut längst verflogen. Ich fühlte nichts mehr, sondern hörte nur noch die diffuse Stimme des Hauses, das unverständliche Worte murmelte.

25. JOSEPH

Joey staunte nicht schlecht, als er die seltsame Treppenkonstruktion im Flur erspähte. Momo hatte ihm von all den wilden Umbauten erzählt, aber sie mit eigenen Augen zu sehen, war doch etwas anderes. Er hatte ein paar der verrückten Typen getroffen, mit denen sich Maureen und Cale – eigentlich hauptsächlich Cale – nach der Schulzeit abgegeben hatten. Vermutlich hatte Maureen welche von ihnen angeheuert, um das hier zusammenzuzimmern.

Momo war stehengeblieben, hatte die Leiter auf dem Boden abgestellt und zog eine Taschenlampe aus der Tasche. Was hatte er vor? Joey hatte das Gefühl, dass er keine Antwort erhalten würde, falls er die Frage laut aussprechen würde. Also griff er einfach nach der Leiter. Aber Momo schüttelte den Kopf, seufzte dann und drückte ihm stattdessen die Taschenlampe in die Hand. Er war jetzt also offiziell ein Teil dieser Mission, obwohl Momo kaum ahnen konnte, was es für Joey bedeutete, hier zu sein.

Sie stiegen die furchtbar wacklige Treppe hinauf und erreichten den zweiten Stock. Joey konnte Momos Anspannung genauso gut spüren wie seine eigene. Momo ging voraus in einen großen Raum und lehnte die Leiter an den Türrahmen. Joey leuchtete ihm dabei. Während Momo in die Hocke ging, um einen Teppich beiseite zu ziehen, ließ Joey den Blick durch den Raum schweifen. Auch wenn es im Zimmer jenseits des Lichtkegels der Taschenlampe relativ dunkel war, konnte er einen Vorhang vor einem weiteren Türdurchgang erkennen, der

138

sich unheimlich im Luftzug bewegte. Momo fuhr die Leiter zu voller Länge aus und ließ sie hinuntergleiten. In das dunkle Loch.

»Bereit?«, fragte er dann. »Das Haus…«, murmelte Joey. »Ich weiß nicht. Es fühlt sich seltsam an.« Momo nickte. Er fragte nicht noch einmal, ob Joey bereit sei, sondern machte sich daran, die Leiter hinunterzusteigen. Joey hielt die Luft an und trat näher, um seinen Weg nach unten besser ausleuchten zu können. Ein unangenehmer Geruch schlug ihm entgegen. Er hätte einfach in eine Bar gehen und sich so volllaufen lassen sollen, dass er Maureen, Cale und Momo vergessen hätte – und am besten auch sich selbst. Zumindest sein Vergangenheits-Ich. Aber nun war er hier und es gab es kein Zurück mehr. »Okay«, ließ Momo hören. Joey warf ihm die Lampe hinunter und kletterte dann hinterher, wobei Momo die Leiter mit der einen Hand festhielt und ihm mit der anderen Hand Licht spendete. »Was ist das für ein Geruch?«, fragte Joey, als er wieder festen Boden unter den Füßen hatte. »Schimmel und Bewohner«, sagte Momo. »Aber keine menschlichen Bewohner. Ratten- oder Mäusekot…« Er ließ den Lichtstrahl über den Teppichboden gleiten, auf dem Joey die Hinterlassenschaften erkennen konnten. »Außerdem ein Kadaver, würde ich sagen«, fuhr Momo fort. Joey zuckte bei dem Wort zusammen. »Ein Tierkadaver. Schätzungsweise aber was Größeres als eine Ratte.« Der Lichtkegel der Taschenlampe offenbarte das reinste Chaos: ein Labyrinth aus Möbeln und diese wiederum völlig überladen mit Kleinkram wie Büchern, Kerzen, Zigaretten, leeren Flaschen, Schallplatten, Stiften und Dekoobjekten. Joey zuckte zusammen, als sein Blick auf einen Totenschädel in einem massiven dunkelgrünen Regal fiel. Im nächsten Moment erkannte er, dass es sich um eine Attrappe handelte. War die gesamte Einrichtung des Stockwerks in dieses eine Zimmer geräumt worden? Auch die Fenster waren verstellt. »Suchen wir... na ja... suchen wir was Bestimmtes?«, brachte Joey aus trockener Kehle hervor. »Ich habe keine Ahnung, was *du* suchst«, antwortete Momo.

Er ging voraus und bahnte sich seinen Weg zwischen Kommoden, Regalen, einem Kaffeetischchen, Sesseln und einer Couchgarnitur. »Tja, ich schätze, dann halte ich dir einfach den Rücken frei«, sagte Joey, während er ihm folgte. Sie gelangten in einen kurzen Flur, von dem zwei Türen nach links und rechts abzweigten. Momo hielt jedoch auf den Raum zu, der sich am Stirnende des Flurs befand. Die Tür stand weit offen und Joey sah beim Blick über Momos Schulter einen seltsamen Aufbau in der Mitte des kleinen Zimmers. Als sie beide in den Raum traten, wurde Joey klar, worum es sich handelte. Es war eine Art Schrein. Ein Schrein, den Maureen offensichtlich Cale zu Ehren errichtet hatte. Die Basis bildete ein schmales, schulterhohes Regal. Es war ein altmodisches Möbelstück mit geschwungenen Linien und geschnitzten Verzierungen. Eine Lichterkette war mit Tape daran befestigt. Obendrauf befanden sich Überreste von Kerzen und Räucherstäbchen. Alles längst heruntergebrannt. Die Kerzen hatten wilde, sich überlagernde Wachsformationen gebildet. Von den Räucherstäbchen waren nur noch die Metallstäbe übrig, die in einer Halterung steckten. In den drei Regalfächern darunter befanden sich offensichtlich Erinnerungsstücke: ein ausgelatschtes Paar Chucks, ein Aschenbecher, der von Gargoyles eingerahmt wurde, Drumsticks, eine Whiskeyflasche, ein Jagdmesser mit verziertem Griff und ein uralter Teddybär. Außerdem war da eine Kette mit Freundschaftsanhänger, an die sich Joey nur zu gut erinnerte, weil er sie Maureen zusammen mit dem Brief übergeben hatte. Der armen Maureen, die er so unver-zeihlich belogen hatte. Auf dem Boden vor dem Schrein befand sich ein großer undefinierbarer, dunkler Fleck. Mit etwas Fantasie hätte man behaupten können, er habe die Form eines dürren Pferdes mit langer gezackter Mähne und herunterhängendem Kopf. Joey hielt die Luft an.

Momos Blick war an das gerahmte Foto geheftet, das über dem Altar an der Wand hing. Es war eine Schwarz-Weiß-Aufnahme, die Cale zeigte, wie er ober-körperfrei und grinsend hinter seinem Drumset saß. »Ich habe ihn bei meinem ersten Besuch hier auf der Terrasse getroffen«, sagte Momo. »Er wirkte so real und hat mit mir gesprochen. Maureen hat sich mir nie so gezeigt wie er.« Joey verspürte einen Stich in der Magengrube. Er konnte nicht antworten. Aber er sollte. Es ihm sagen. Ihm wurde übel. Momo zog ein gefaltetes Blatt Papier aus seiner Hosentasche. Joey ging davon aus, dass es sich um Cales Abschiedsbrief handelte. Die angebliche Botschaft, die eine einzige Lüge war. Er hatte das Ge-fühl, sich übergeben zu müssen. Er machte einen Schritt zurück. Im letzten Moment merkte er, dass er im Begriff war, in etwas Spitzes hineinzutreten. Beim Versuch, aus-zuweichen, stolperte er rückwärts. Er hatte das Gefühl, gegen jemanden zu prallen. Dann fiel er einfach, als wä-re die Person auf einmal zur Seite getreten. Er schlug mit Hintern, Beinen und Handflächen gleichzeitig auf dem Boden auf, während er mit Rücken und Kopf gegen den Türrahmen prallte. Schmerz durchfuhr seinen ganzen Körper. Er schrie auf. Nahezu im selben Moment ertönte ein Knall, gefolgt von einem Klirren und das Zimmer wurde auf einmal in orangefarbenes Sonnenlicht ge-taucht.

26. MORTIMER

Es ging zu schnell. Ich begriff zuerst überhaupt nicht, was geschah. Joey lag auf einmal auf dem Boden. Er musste rückwärts gestolpert sein. Dann schwang das Fenster im Raum mit einer solchen Gewalt auf, dass es dabei nicht nur den davorgenagelten Stofffetzen abriss, sondern auch noch so stark gegen die Wand prallte, dass das Glas splitterte. Eine Sturmböe fegte durch den Raum. Sie wirbelte den Inhalt des Regals durcheinander. Zerrte an dem Blatt Papier in meiner Hand. Ich bemerkte, dass Joeys rechte Hand, die flach auf dem Boden lag, blutete. Etwas ragte aus ihr heraus. Ein großer spitzer Nagel. Er hatte im Boden gesteckt und Joeys Hand beim Sturz durchbohrt. Mir fiel auf, dass noch mehr Nägel aus dem Boden herausstanden. Scheinbar hatte Joey ihre scharfen Spitzen jedoch verfehlt. Auf einmal wurde mir das Blatt Papier aus der Hand gerissen. Es machte einen Looping im Wind, faltete sich dabei auseinander und klatschte gegen Joeys Stirn. Mit der Schrift in meine Richtung. Ich starrte die letzte Zeile an:

Bring ihn her.

Joey? Ihn? Ich löste mich aus meiner Starre. Jetzt war keine Zeit, darüber nachzudenken, was Maureen wollte. Ich stürzte zu Joey hinüber und ließ mich auf die Knie sinken, vorsichtig, um mich nicht an den Nägeln zu verletzten. Mein Blick haftete an Joeys Hand. Die metallene Spitze stand bestimmt fünf Zentimeter hervor. Joey versuchte, das Blatt Papier, das immer noch in seinem Gesicht hing, weg zu wischen. »Warte!«, rief ich. Der

Wind blies uns um die Ohren. Ich wandte mich zu dem Schrein um. Doch in dem Moment wurde das Messer aus seinem Fach geschleudert und schlug im Boden ein. Einige Millimeter neben der Spitze meines Schuhs. Ich erstarrte. Dann nahm ich mich zusammen und griff danach. Ich konnte es herausziehen und wandte mich wieder Joey zu. Er hatte sich von dem Blatt Papier befreit und wollte offenbar die Hand aus dem Nagel ziehen. »Warte!«, sagte ich noch einmal. Joey stöhnte. Hinter mir krachte irgendetwas auf den Boden und Joey zuckte zusammen. Ich drehte mich nicht um. Stattdessen stopfte ich schnell die Taschenlampe in meine Tasche, entledigte mich meines Hemds und des Unterhemds und zerschnitt Letzteres mit dem Messer. Die Sturmböen zerrten an Joeys Pferdeschwanz. Ich hielt eine Stoffbahn in der Hand und klemmte den Rest des Kleidungsstücks unter meinem Knie fest, damit es nicht davonflog. Scherben wurden klirrend in unsere Richtung geweht. »Jetzt«, sagte ich zu Joey. Er verstand, schloss die Augen und zog seine Hand mit einem Ruck aus dem Nagel heraus. Ich griff nach ihr und versuchte, mit dem Stoff einen provisorischen Druckverband anzulegen.

Wieder krachte und klirrte es hinter mir. Ich spürte, wie mich etwas im Nacken traf. Punktuell und winzig klein, aber trotzdem schmerzhaft. Ich griff danach und drehte gleichzeitig den Kopf. Der Rahmen mit Cales Bild war heruntergefallen. Ein kleiner Splitter des Glases hatte mich getroffen. Ich bekam ihn mit den Fingernägeln zu fassen und pulte ihn aus meiner Haut. Joey kniff die Augen zusammen und keuchte. Er fasste sich an den Hinterkopf. Den musste er sich am Türrahmen gestoßen haben. Die Hand war blutig, als er sie zurückzog. Verdammt! »Joey, schnell. Du musst aufstehen. Wir müssen hier weg«, forderte ich ihn auf. Er jammerte leise. Ich

legte meinen Arm um seinen Rücken und zog ihn hoch.
Er stand wacklig auf den Beinen. Ich stützte ihn und
wollte gerade losgehen, da schrie er laut auf. Er fiel fast
in sich zusammen. Aber ich konnte ihn gerade noch festhalten. Da sah ich es. Das Jagdmesser: Es steckte in seiner Achillessehne. Gleich über seinem Slipper. Blut floss
herunter. »Maureen! Nein!«, brüllte ich. Das Messer fiel
klappernd herunter. Joey krümmte sich vor Schmerzen.

Bring ihn her.

War es wirklich er, den sie haben wollte? Wollte sie
ihn umbringen? Warum? Der Wind hatte fast das ganze
Regal leergeräumt und alles mit einer Schicht orangefar-
benem Wüstenstaub überzogen. Ich musste husten und
spürte, wie meine Augen tränten. »Komm… Komm«,
rief ich Joey zu und zeigte ihm gestikulierend an, dass
ich ihn auf dem Boden absetzen wollte. Seine Augen
waren geschlossen und er hätte fast in einen der Nägel
gegriffen. Als er schließlich aber doch auf dem Boden
kniete, verband ich hektisch seine zweite Wunde mit
dem Rest des Unterhemds. Dann legte ich meinen Arm
erneut um ihn und zog ihn wieder hoch. Er wirkte benommen. Im nächsten Moment übergab er sich auf seine
und auch meine Schuhe. Verdammt. Wie hart war er mit
dem Kopf aufgeprallt? Ich musste ihn jetzt rausschaffen,
bevor Maureen ihn umbringen konnte. Das Warum war
vorerst egal. Die Tür knallte direkt vor uns zu und hätte
um Haaresbreite seine Stirn erwischt. Ich griff nach der
Klinke, drückte sie herunter und presste meine eine
Schulter gegen das Holz, während Joey benommen auf
der anderen hing. Es gelang mir einfach nicht, die Tür
aufzustemmen. Der Wind heulte in meinen Ohren. Fast
wie Klageschreie. Meine Augen brannten höllisch vom
aufgewirbelten Staub und ich konnte durch die Tränen

nur wenig sehen. »Kannst du dich einen Moment am Türrahmen festhalten?«, fragte ich Joey. Er nickte schwach und lehnte sich gegen die Wand. Ich warf mich mit meinem ganzen Gewicht gegen die Türe und schaffte es, sie zu öffnen. Der dunkle Flur kam zum Vorschein. Die Taschenlampe! Dieses Mal hatte ich sie nicht fallenlassen. Ich hatte sie in meine Tasche gestopft, als ich das Unterhemd zerschnitten hatte. Während ich weiter die Tür mit der Schulter offenhielt, zog ich sie hervor und zerrte an Joeys Arm. Dieser verstand und stützte sich wieder auf mich. Er hing wie ein Sack Kartoffeln auf mir und humpelte, während der Wind wütend hinter uns tobte. Die Tür schlug wieder zu, gerade als wir hindurch waren. Die Geräusche der Böen wurden dahinter gedämpft. Ich glaubte, etwas im Zimmer vor uns zu hören. In dem mit der Leiter. Verdammt! Wieder vernahm ich etwas. Ein Rumpeln und Schleifen. »Verdammt, Maureen. Bitte lass uns einfach gehen«, flüsterte ich.

»Scheiße!«, sagte ich, als wir das vollgestopfte Zimmer erreichten. Die Leiter war verschwunden. Zuerst hatte ich gedacht, sie sei umgefallen. Doch sie war nirgends zu sehen. Joeys Augenlider zuckten. Für kurze Zeit war alles still. »Wir müssen was drunterschieben und hochklettern«, sagte ich. »Schaffst du das?« Eine überflüssige Frage. Ich wusste, dass er das nicht schaffen würde. Er konnte alleine nicht einmal gehen. »Hau ab«, murmelte Joey. Ich schüttelte den Kopf und verfrachtete ihn auf die Couch. Ich spürte die pochende Panik in meiner Brust. Es war die Panik des Kindes, das nur eine ganz grobe Vorstellung hatte, vor was es sich im Schrank versteckte. »Lass mich einfach hier, Momo. Ich bin ein Lügner«, sagte Joey mit bebender Stimme. »Was meinst du damit?« »Ich habe dich wegen Cale angelogen. Er ist Maureen nicht nachgesprungen und der Brief war nur eine Täuschung.« »Was?«, rief ich. Wenn Cale nicht gesprungen war, was war dann geschehen? Hatte Joey ihn etwa umgebracht? War Maureen deshalb so in Rage? Hatte ich ihr den Mörder ihres Bruders gebracht? Im nächsten Moment fielen Joeys Augen zu und sein Kopf auf seine Brust. Einen schrecklichen Augenblick lang dachte ich, er wäre tot. Dass Maureen sein Herz zum Stillstand gebracht hatte. Dann kapierte ich, dass er lediglich bewusstlos geworden war.

Auf einmal ging ein Zittern durch das ganze Haus. Es war wie ein Erdbeben. Es erschütterte die Wände. In den Schränken klirrte und klapperte es. Würde die ganze Bruchbude nun einfach in sich zusammenfallen – mit uns in ihren Eingeweiden? Das Beben dauerte nur wenige Sekunden an. Danach war es etwas länger still. Bis der nächste Schub kam. Ein Riss bildete sich in der Decke. Putz bröckelte herunter. Fiel auf Joeys Kopf. Er rührte sich nicht. Ich stürzte los. Die Möbel beiseiteschieben! Das musste ich tun. Da, unter der Ansammlung von zwei Kommoden und einem Schrank, musste sich die Spanplatte befinden. Die verdammte Platte, unter der die Treppe zum Erdgeschoss war. Bestimmt war sie nicht befestigt. Bestimmt waren nur die Möbel darüber gestellt worden. Hoffentlich. Bitte. Ich zerrte an einer der Kommoden, als ein noch stärkeres Zittern durch das Haus ging. Der Riss lief mit einem Knacken weiter über die Decke. Außerdem meinte ich zu fühlen, wie der Boden sich unter mir durchbog. Ich schwitzte und fror zugleich. »Bitte Maureen, bitte«, flüsterte ich und nahm mich der zweiten Kommode an. »Ich werde dahinterkommen, was hier los ist und was Joey getan hat, aber bring uns nicht hier drin um. Bitte! Bitte hör auf!« Ich konnte Joey nicht hier sterben lassen. Selbst, wenn er tatsächlich ein Mörder sein sollte. Endlich hatte ich die zweite Kommode beiseite geräumt. Fehlte nur noch der Schrank. Er war schwer. Es gelang mir nur sehr langsam, ihn zu schieben. Eine weitere Erschütterung ging durch das Haus. Dieses Mal stärker. Und das Wackeln hörte nicht mehr auf. Ich konnte kaum das Gleichgewicht halten. Joey stöhnte. Ich drehte mich zu ihm um – und sah das Messer! Es schwebte über seinem Kopf. »Nein!«, rief ich. »Joey! Joey, wach auf!«, brüllte ich. Das Grollen schwoll an. Es dröhnte so laut in meinen Ohren, dass ich sie mir zuhalten wollte. Aber Joey rührte sich nicht. Das Messer, das über ihm schwebte, vibrierte. Sein Körper begann zu zittern. Seine Augen blieben geschlossen. »Nein, Maureen! Bitte, tu das nicht. Ich sorge für Gerechtigkeit. Du bist keine, die anderen wehtut. So willst du nicht sein.« Ich hielt die Luft an. Da sauste das Messer auf einmal auf mich zu. Ich hatte nicht mal die Zeit zu schreien. Es verfehlte mich knapp, streifte meine Wange und hinterließ einen feinen Schnitt. Dann schlug es in dem Schrank ein, den ich hatte schieben wollen. Dieser schwankte, als wäre mit dem Messer ein ganzer Elefant gegen ihn geprallt. Er fiel um. Dann herrschte auf einmal einfach Stille.

Ich brauchte einen Moment, um zu begreifen, was geschehen war, merkte, dass ich immer noch die Luft anhielt. Röchelte. Vorsichtig betastete ich meine blutige Wange. Der Schnitt war nicht tief, kaum mehr als ein Kratzer. Eine Warnung? Dann schaute ich nach unten. Die Spanplatte – Sie war unter dem Schrank zum Vorschein gekommen. »Oh mein Gott, Maureen. Danke«, flüsterte ich, ließ mich auf den Boden fallen, griff nach der Platte und zerrte sie beiseite. Sie war tatsächlich nicht befestigt. Schwaches Licht kroch von unten in den Raum. Der Weg war frei.

Ich kehrte zu Joey zurück, packte ihn unter den Achseln und zog ihn von der Couch herunter. Ich schleifte ihn durch den Raum, was durch die vielen Möbel erschwert wurde. Wir erreichten die Treppe. Jetzt würde es noch schwieriger werden. »Hey Joey. Bitte wach auf.« Er brummte und öffnete die Augen einen Spaltbreit. Die Lider flackerten. »Joey, du musst mithelfen. Wir müssen jetzt die Treppe runter. Packen wir das?« »Hm«, machte er und nickte. Es gelang mir irgendwie, ihn nach unten zu schaffen, dann noch durchs Wohnzimmer und den Flur. Er gab leise Laute von sich, während ich die Haustür aufschloss. Offenbar wollte er etwas sagen. Ich kam mit meinem Ohr näher. Das Einzige, was ich verstand, war »Cale«. Glaubte er, dass ich Cale war? Oder wollte er mir etwas über Cale sagen? Egal. Jetzt zählte nur, ihn in Sicherheit zu bringen. Alles andere konnte warten. Während ich ihn zur Straße schleppte, drehte ich mich noch mal um. Das Haus stand einfach still hinter uns. Reglos. Kein Zittern mehr. Kein Sturm. Überhaupt keine Geräusche. Nur der entfernte Verkehrslärm der Stadt, die unter uns lag, und irgendwo ganz in der Nähe heulte ein Baby. Hier draußen gab es nur das normale Leben. Keine Geister. Maureen hatte uns gehenlassen.

27. JOSEPH

Die Verletzungen an Joeys Hand und Bein würden wieder komplett verheilen. Bald würden nur noch Narben von ihnen zeugen. Die starke Gehirnerschütterung, mit der er eingeliefert worden war, war das Besorgniserregendste gewesen. Aber auch von dieser erholte er sich gut. Maureen hatte ihn am Ende verschont.

Als sich die Türklinke bewegte, seufzte er. War Baker, sein anstrengender Bettnachbar, schon von seinem Spaziergang zurück? Nein, es war ein anderes bekanntes Gesicht. Joey richtete sich auf. Momo zögerte einen Moment an der Schwelle. So, als hätte er es sich doch anders überlegt. »Ich wusste nicht, ob du kommen würdest«, sagte Joey. Momo lachte bitter, trat ein und schloss die Tür hinter sich. Er sagte nichts und ging nur zögerlich zum Bett hinüber. »Ich glaube, du wolltest mir etwas erzählen. Und das hier erinnert mich jedes Mal, wenn ich in den Spiegel schaue an dich«, meinte er dann und berührte die dünne feine Narbe an seiner Wange, die das fliegende Messer hinterlassen hatte. »Setz dich doch«, Joey wies auf einen Besucherstuhl, aber Momo schüttelte seinen Kopf.

»Maureen wollte dich töten, oder?«, fragte er. Joey seufzte, zuckte die Schultern. »Ich glaube, sie wollte, dass ich dich zu ihr bringe«, fuhr Momo fort. »Es stand sozusagen auf deiner Stirn.« Joey zog die Brauen zusammen. »Es stand auf dem Blatt Papier, das dir ins Gesicht geflogen ist. Maureen hat mich dazu gebracht, den Abschiedsbrief abzutippen, den mein Bruder damals geschrieben hat, bevor er gegangen und umgekommen ist. Aber mit einem zusätzlichen Satz: *Bring ihn her.* Ich dachte, sie meinte Randy, weil es auf seinem Brief stand. Aber dann klatschte der Brief gegen deine Stirn und jetzt denke ich, Maureen meinte dich. Ich sollte dich herbringen und ich frage mich, warum. Ich habe ihr versprochen, es herauszufinden.« Joey antwortete nicht sofort. Dann sagte er schließlich: »Du solltest dir jetzt doch besser den Stuhl holen. Ich muss dir erzählen, was wirklich mit Cale geschehen ist.«

28. CALE

Er fühlte... Nein. Eben nicht. Er fühlte nicht. Es war, als wären alle Gefühle aus ihm herausgerissen worden und mit Maureen im See versunken. Er hatte den Verrat an ihr eiskalt geplant. Alles war genauso gekommen, wie er gehofft hatte.

Er war ihr nicht gefolgt. Er war noch da. In Freiheit. Aber was hatte er geglaubt, was er nach seiner Tat mit sich anfangen würde? Einfach zurück in das Haus gehen und weiterleben?

Er hatte wohl gar nicht darüber nachgedacht. In den letzten Monaten war der Wunsch, endlich frei zu sein – frei von ihr zu sein – so stark geworden, dass alle Gedanken ausschließlich um diesen Moment auf der Klippe gekreist waren. Alles was jetzt geschah, dafür hatte er keinen Plan. Er konnte nicht zurück in das Haus gehen. Es war ihr Haus. Was blieb ihm dann? Was hatte er selbst? Rein gar nichts.

Wohin sollte er gehen? Er wusste es nicht, aber seine Füße trugen ihn irgendwann einfach fort von diesem Ort. Sirenengeheul streifte seine Ohren. Sollte etwa...? Konnte...? Nein. Er hätte es gewusst, wenn es so gewesen wäre. Seine Füße trugen ihn in die Bar des kleinen Vorortes. Er nahm am Tresen Platz und bestellte ein Bier. Der Barkeeper kannte ihn nicht. Kein freundliches Hallo, keine Ermahnung von wegen: »Bier an einem Werktag um 3 Uhr nachmittags?« Er nuckelte an seiner Flasche, bestellte danach noch eine und noch eine. Irgendwann kamen ein paar Menschen in die Bar. Cale erkannte Joeys Mutter unter ihnen. Sie erzählte einem

Mann und einer Frau in ihrem Alter ganz aufgeregt eine Geschichte. Ihr Blick streifte Cale. Sie nahm mit den anderen Leuten an einem Ecktisch Platz. Cale konnte ein paar Gesprächsfetzen aufschnappen: »…aus dem Wasser gezogen… glaubt, dass es das West-Mädchen ist… bewusstlos… Notarzt… im Krankenhaus… wohl nicht so schlimm, wie es zuerst aussah.« Er erstarrte. Maureen! Oh, verdammt, Maureen. Der Pakt mit dem Schicksal. Gleich würde Joeys Mutter aufstehen, auf ihn zeigen und rufen: »Und da ist ja der West-Junge! Was macht er hier? Sich einen antrinken, während seine Schwester in der Notaufnahme liegt.« Tatsächlich sah sie zu ihm hinüber. Aber es war der Blick, den Vorortbewohner einem Fremden schenkten, der sich in ihre Stammkneipe verirrt hatte. Sie erkannte ihn nicht mehr. Er war ein Fremder. Ein Niemand. 25 und kein Erfolg.

In diesem Moment verstand Cale West. Es fiel ihm wie Schuppen von den Augen. Alles war klar. Er hatte gedacht, dass er es schon vorher verstanden hatte, aber jetzt wusste er, dass das ein Irrtum gewesen war:

Ihm war eines Tages klargeworden, dass Maureen und er niemals frei sein konnten, solange sie lebten. Solange sie *beide* lebten. Maureen hatte sterben wollen. Schon seit er sie kannte. Also hatte Cale gedacht: Wenn er sie nur ließe, dann könnte er frei sein. Aber das Schicksal war damit offensichtlich nicht einverstanden. Es war somit an Cale, sie ein für alle Mal zu verlassen. Es war an Cale West, zu sterben.

Das Problem dabei war, dass Cale West nicht sterben wollte. Er konnte nicht von dieser Klippe springen und sich dieser Prüfung stellen. Aber weiterleben durfte er auch nicht, denn er wusste, dass Maureen das nicht ertragen würde. Der Gesichtsausdruck, als sie gefallen war. In dem Bewusstsein, dass Cale sie verraten hatte. Purer Terror. Sie würde in diesem Krankenhaus aufwachen. Aber sie würde nicht weiterleben können in der Gewissheit, dass der einzige Mensch, der immer da gewesen war, sie verraten hatte. Das Schicksal hatte sie verschont. Cale West musste sterben. Er legte Geld auf den Tresen. Viel mehr als er schuldig war. Dann stolperte er aus der Bar und ging einfach. Er ging die Straßen entlang, während sich langsam ein Plan in seinem Kopf formierte.

29. JOSEPH

»Ich benahm mich wie ein hoffnungsloser Trottel, weil ich kam, als er pfiff – und das, nachdem er sich zwei Jahre lang nicht mehr gemeldet hatte und wir vorher schon kaum Kontakt hatten«, begann Joey. Momo hatte nun doch auf dem Besucherstuhl neben dem Bett Platz genommen. »Wir trafen uns am Highway und er reichte mir den Brief aus einem Auto heraus. In einem Umschlag, an mich adressiert. Du weißt ja bereits, was dringestanden hat. Dabei lag noch die Kette mit dem Freundschaftsanhänger, die er immer trug. Er sagte, ich müsste ihm ganz dringend einen Gefallen tun. Einen allerletzten. Ich müsste Maureen diesen Brief geben, damit sie überleben könne.

Zuerst dachte ich, es wäre ein echter Abschiedsbrief und er würde gleich vor meinen Augen in einen Felsblock rasen. Aber als ich es ihm ausreden wollte, erklärte er mir, dass er das niemals tun würde. »Aber ich muss verschwinden«, sagte er. »Maureen muss denken, dass ich doch noch für sie gesprungen bin – damit sie weiterleben kann.« Er erklärte mir, dass er jedes Wort seines Briefs genau durchdacht hatte. Er hatte sie in seinem Text an den Pakt mit dem Schicksal erinnert. Also sie daran erinnert, dass es ihre Pflicht war, weiterzuleben, da sie die Prüfung des Universums bestanden hatte. Er zog seinen Geldbeutel aus der Hosentasche und erklärte mir, dass er ihn ins flache Wasser werfen würde, wo er bestimmt gefunden werden würde. Ich sollte der Polizei von seinem Brief erzählen. »Cale West muss offiziell sterben«, sagte er zu mir. Momo zog die Brauen zusammen. »Aber wenn er gar nicht sprang, dann wurde ja auch keine Leiche aus dem See gezogen«, bemerkte er. Joey nickte und verzog wieder das Gesicht. »Der See ist extrem tief und groß. Es sind schon öfter Leute dort ertrunken, ohne jemals gefunden zu werden. Einer meiner Kumpels hat früher beim Schwimmen immer versucht, uns damit Angst zu machen, dass er erzählte, unter Wasser würden mindestens 100 Leichen treiben. Immer, wenn ein Fisch unsere Füße berührt hat, haben wir geschrien. Weißt du, es ist so: Wenn jemand im See vermisst wird, dann sucht die Tauchmannschaft ein paar Tage lang. Dann wird es zu teuer – und in dem Fall war ja der Abschiedsbrief da und Maureen im Krankenhaus, die der Geschichte Glaubwürdigkeit verlieh. Es gab keinen Grund für Zweifel.«

Momo schüttelte verwirrt den Kopf. »Aber wo war er dann die ganzen letzten 13 Jahre?« Joey konnte in seinen Augen sehen, dass ihn die Geschichte noch nicht überzeugte. »Tja, ich habe ihn natürlich auch sofort gefragt, was er vorhabe und er sagte, er sei jetzt bereit, die Stadt zu verlassen. Ich sagte zu ihm: »Cale, du hast dann keinen Ausweis, keinen Pass. Du hast nicht mal mehr einen Namen.« Er meinte, das sei kein Problem. Er wisse schon, wo Maureen ein bisschen Bargeld versteckt habe und ein paar Oxys, die er zu Geld machen könne. Das würde ihm beim Start helfen. Außerdem kenne er genug Leute. Hat mich drauf hingewiesen, dass viele Leute Illegale einstellen und sich nicht für Papiere interessieren. Und auch die Beschaffung eines gefälschten Ausweises wäre nicht die Welt. Er würde einfach ein neues Leben als neuer Mensch anfangen. Bei ihm klang das so einfach. Aber ich nehme an, das war die Erfahrung, die er bisher im Leben gemacht hatte. Dass er schon irgendwie mit allem durchkäme. Ich habe dir ja schon erzählt, dass das bis zu diesem Zeitpunkt ziemlich gut klappte.«

»Aber dann nicht mehr?«, hakte Momo nach. »Ich glaube«, sagte Joey nachdenklich, »dass ihn zu dem Zeitpunkt, als er Maureen zurückgelassen hat, auch das Glück verlassen hat. Er rief mich zwei Monate später an – aus einer Obdachlosenunterkunft in South Akasia. Er nannte es nicht so, sondern umschrieb es. Er sagte, sie hätten dort Betten für Leute, die sonst nirgends bleiben können und dass das für den Start gar nicht so schlecht sei.« Für einige Moment herrschte Stille im Krankenhauszimmer. »Und dann?«, fragte Momo. »Das ist es ja. Nichts mit »und dann«. Genau da ist er geblieben. Ein herkunftsloser Typ in einer Unterkunft. Er nannte sich Robert. Zumindest ist das das Letzte, was ich von ihm gehört habe.« »Und du hast das einfach so passieren lassen und geschwiegen? Die ganze Zeit?«, rief Momo. Joey schloss die Lider. Eine Träne bildete sich in einem Augenwinkel. »Wahrscheinlich bin ich mit schuld an Maureens Tod, oder nicht?« Momo schwieg. »Sie hätte vielleicht die Pillen nicht geschluckt, wenn sie sich wiedergesehen und versöhnt hätten?« Momo antwortete ihm immer noch nicht. »Aber ich musste ja auf Cale hören. Wie immer. Ich habe ihm damals oben auf der Klippe gesagt, dass ich denke, Maureen würde es nicht aushalten, wenn er tot wäre. Cale sagte aber: »Das Einzige, was Maureen retten kann, ist, wenn sie denkt, dass ich für sie gestorben bin. Ein ultimativer Beweis bedingungsloser Liebe, um den Verrat wiedergutzumachen.« Und ich glaubte ihm. Später bereute ich es und habe ihn in der Unterkunft besucht und versucht, ihn zu überreden, zurückzukommen, aber er wollte nicht auf mich hören.« »Weiß er, dass Maureen inzwischen nicht mehr lebt?«, wollte Momo wissen. »Ja«, sagte Joey leise. »Ich bin noch mal hingefahren und habe ihm davon erzählt.« »Und warum ist er dann immer noch nicht zurückgekehrt? Es gibt ja keinen Grund mehr für Cale West, tot zu sein.« »Ich weiß nicht, warum, Momo. Als ich ihm gesagt habe, dass Maureen tot sei, schien ihn das kaum zu berühren und als ich meinte, er könne jetzt wieder Cale sein, hat er mich nur angelächelt und den Kopf geschüttelt. Ich bin dann gegangen und nie wiedergekommen.« »Das heißt, euer letzter Kontakt liegt neun Jahre zurück?« »Ja, ich habe keine Ahnung, was aus ihm geworden ist«, murmelte Joey schuldbewusst. Dann griff er nach Momos Arm. »Aber du hast ihn gesehen, Momo. Sah er für dich aus, wie ein Geist?«

Momo dachte einige Momente nach. Dann schüttelte er den Kopf. »Nein. Er war seltsam. Aber er war nicht wie Maureen. Ganz und gar nicht«, sagte er leise. Joey seufzte laut und Momo warf ihm einen fragenden Blick zu.

30. MORTIMER

Es war erstaunlich leicht gewesen, Cale aufzuspüren. Ich hatte angenommen, dass dafür eingehende Recherchearbeit nötig sei. Schließlich wusste Joey nur, dass er neun Jahre zuvor in dieser einen Obdachlosenunterkunft in South Akasia gelebt hatte. Ich hatte angenommen, dass ich seinen weiteren Weg von dort aus verfolgen müsste. Aber wie sich herausstellte, hatte es keinen weiteren Weg gegeben. Er war immer noch dort. Er saß vor mir, auf einer Pritsche in einem großen Raum mit aufgereihten Betten. Es ging hektisch zu. Leute kamen und gingen. Cale saß inmitten von ihnen. Im Schneidersitz, oberkörperfrei. Sein Gesicht wirkte eingefallen, verlebt. Er war dürr. Aber seine Augen leuchteten.

Ich saß neben ihm. »Hi, äh...?« »...Robert«, ergänzte er und winkte jemandem auf der anderen Seite des Raums zu. Ich nickte. »Okay, Robert. Wir sind uns glaube ich schon mal begegnet. In der 107 Hill Road in Salsola Springs. Kann das sein?« Er grinste und zeigte auf mich. »Du bist der Journalist. Du hast gesagt, du bist keiner, aber ich wusste gleich, dass du lügst.« »Ja«, sagte ich und nickte, weil ich glaubte, dass ich so am besten mit ihm ins Gespräch kommen würde. Vielleicht hatte er die ganze Zeit über darauf gewartet. Dass ein Journalist ihn hier finden würde. »Du hast mich ertappt. Kann ich Cale zu dir sagen?« Er starrte mich an, seine Augen verengten sich. »Ist auch egal«, sagte ich, als ich keine Antwort erhielt. »Wenn ich mit dir rede«, erklärte er plötzlich, »will ich deine Sonnenbrille.« Er zeigte auf die Brille, die ich mir beim Eintreten in die Unterkunft ans

Hemd gehängt hatte. Sie war nicht besonders teuer gewesen, aber ziemlich schick. Ich überlegte, seufzte, nahm sie und gab sie ihm. Cale setzte sie triumphierend auf seine Nase.

»Warum warst du dort – also in der Hill Road? War ja ein ganz schöner Trip von hier aus.« »Na ja«, er kratzte sich am Arm, der bereits mit Kratzspuren übersät war, »um der alten Zeiten Willen, schätze ich. Dachte, ich müsste den alten Kasten mal wieder sehen. Hab langsam angefangen, alles zu vergessen, weißt du.« Ein Typ ging am Bett vorbei und begrüßte Cale mit einem Handschlag. »Hey Robby, du hast meinen Leckerbissen, oder?« Er zwinkerte ihm zu und Cale zwinkerte zurück. »Später, Mick«, rief er ihm zu. Er zappelte mit seinen Beinen herum. »Du meinst, du hast angefangen, Maureen zu vergessen?«, fragte ich leise, als wir wieder allein waren, falls man in diesem Raum überhaupt je von »allein« sprechen konnte. Cale lächelte verträumt. »Weißt du, wie es ist, wenn man sich mit jemandem in einem dunklen Schrank versteckt?«, fragte er. »Es ist stockfinster, aber du spürst, dass da noch jemand ist. Jemand, auf den du dich verlassen kannst.« Ich nickte. »Ja, Cale. Ich weiß sogar ganz genau, wie das ist. Bei mir war es mein Bruder. Randy«, antwortete ich wahrheitsgemäß. »Hm«, machte Cale. Er wirkte überrascht. »Wo ist der jetzt?« »Tot«, sagte ich. »Er ist tot.« Cale nickte. »Und wovor habt ihr euch versteckt?« »Üble Leute«, sagte ich nur. Damals hatte ich es noch nicht richtig verstanden. Randy schon. Er war zwei Jahre älter gewesen. Meine Mutter hatte uns beide Jungs versteckt, wenn die Leute da gewesen waren, mit denen mein Vater Geschäfte gemacht hatte. Wie ich zu Cale gesagt hatte, üble Leute. Wütende Leute. Ich wusste damals nicht, was mein Vater trieb. Ich dachte, er habe einfach nur einen Ersatzteileladen. Aber in Wirklichkeit wusch er Geld für Drogengeschäfte. Der Grund, warum er ermordet wurde, als ich 11 und Randy 13 war, war ein Streit mit seinen Auftraggebern gewesen. Meine Mutter hatte mir die Wahrheit nie verraten, aber Randy schon.

»Üble Leute, ja«, sagte Cale. »Die ganze beschissenes Welt ist voll von ihnen.« Er breitete die Arme aus. »So war das bei uns auch. Maureen und ich – Wir haben uns da drin vor der ganzen beschissenen Welt versteckt.« Ich nickte. »Und du bist verschwunden... Ich meine, Cale West ist gestorben, weil du Maureen beschützen musstest, oder?« Cale fuhr sich durchs Haar. Er antwortete nicht. Schließlich machte er Anstalten aufzustehen. »Warte«, sagte ich. »Ich habe auch versucht, meinen Bruder zu beschützen. Aber es hat zum Gegenteil geführt. Er liegt jetzt unter der Erde, wegen mir.« Cale hielt inne. »Was hast du gemacht?«, wollte er wissen. »Ihn verraten«, sagte ich.

Genauer gesagt, hatte ich damit gedroht, ihn zu verpfeifen. Ich war 14 gewesen und hatte inzwischen erfahren, was mein Vater getan und mit dem Leben bezahlt hatte. Dann hatte ich herausgefunden, dass mein Bruder angefangen hatte, zu dealen. Er war natürlich nur das letzte Glied in der Kette gewesen. Einer der Jungs, die Leuten im Park und unter der Brücke kleine Tütchen zusteckten. Er hatte es wohl getan, um cool zu sein und wegen des Geldes. Oder vielleicht auch, um sich unserem toten Vater näher zu fühlen. Von wegen Minijob in einem Laden, wie er meiner Mutter erklärt hatte. Ich hatte panische Angst gehabt, dass ihn dasselbe Schicksal ereilen würde wie unserem Dad. Also hatte ich ihn gebeten, aufzuhören. Aber er hatte natürlich nicht auf mich gehört und als ich geheult und gebettelt hatte, hatte er mich eine Memme genannt. Ich hatte daher irgendwann beschlossen, es auf andere Art versuchen. Ihn dazu zu *zwingen*, aufzuhören. Ich hatte damit angefangen, ihm zu folgen – und ich war richtig gut darin gewesen. Ein kleiner unscheinbarer Junge, dem niemand Beachtung schenkte. Ich hatte Fotos und Notizen gemacht, herausgefunden, von wem er sein Zeug bekam und an wen er es vertickte. Meine Lehrer hatten oft, gesagt, dass ich clever sei – und meine Mission hatte mir das Gefühl gegeben, dass das stimmte. Ich hatte geglaubt, so was wie der jüngste Undercover-Detektiv der Welt zu sein, und ein Held noch dazu. Als ich genug gesammelt hatte, hatte ich Kopien von allem gemacht und meine originalen Aufzeichnungen versteckt, damit Randy mir diese nicht einfach wegnehmen konnte. Ich hatte an alles gedacht. Als ich ihn mit den Kopien konfrontiert hatte, war er ziemlich geschockt gewesen. Ich hatte ganze Arbeit geleistet und hätte ihn mit meinen Notizen wirklich reinreiten können – und nicht nur ihn, auch die Leute, für die er arbeitete oder an die er vertickte. Aber Randy hatte nur mit eisiger Miene gesagt: »Du wirst mich nicht verpetzen!« »Ich werde«, hatte ich zurückgegeben. »Wenn du nicht aufhörst.« Am nächsten Morgen hatte ich den Brief gefunden, der eigentlich für meine Mutter bestimmt gewesen war.

Frag Momo, warum.

Nachdem ich den Brief gelesen hatte, war ich in mir zusammengesunken und hatte geweint. Ich hätte es wissen sollen. Statt meinen Bruder zu beschützen, hatte ich ihn verjagt. Ich war kein Undercover-Held, sondern ein dummes Kind. Nun war Randy wohl noch viel tiefer eingetaucht in die Welt, von der ich ihn eigentlich hatte fernhalten wollen. In seinem Brief hatte er von guten

Aussichten gesprochen. Von einem Job in einem Unternehmen. Vom Besitzer des Gemischtwarenladens, für den er angeblich arbeitete. Aber ich hatte ja gewusst, dass es keinen Gemischtwarenladen gab. Meine Mutter hatte mich weinend mit dem Brief gefunden. Ich hatte ihr nicht gesagt, warum Randy gegangen war und sie hatte nie gefragt.

Sie hatte in diesem Moment lediglich aufgehört, mich zu beachten. Zuerst war sie völlig in sich gekehrt gewesen, dann hatte sie angefangen, öfter auszugehen, sich wieder zu schminken und Männer kennenzulernen. Ich hatte währenddessen unermüdlich nach Randy gesucht. Zumindest, so gut ein Teenagerjunge das eben bewerkstelligen kann. Ich hatte eine Webseite gebaut, Flugblätter erstellt, herumgefragt, jeden Polizeibericht gelesen, den ich finden konnte, Listen erstellt und Notizen gemacht. Wieder diese verdammten Notizen. Sie hielten mich am Leben. Die Polizei war nicht besonders hilfreich dabei gewesen, nach Randy zu suchen. Er war nur ein 16-jähriger Junge gewesen, fast schon ein junger Mann, der aus freien Stücken gegangen war. Noch dazu stammte er nicht aus einer guten Familie. Ich hatte mit dem Gedanken gespielt, den Beamten meine Notizen zu übergeben, um womöglich dadurch auf seine Spur zu kommen, aber ich hatte zu viel Angst vor den Konsequenzen gehabt, die das für Randy haben könnte.

Irgendwann hatte die Polizei ihn dann aber doch noch gefunden. Oder das, was von ihm übriggeblieben war. Zu erkennen war er da nicht mehr gewesen. Aber er hatte das Hochzeitsfoto unserer Eltern bei sich gehabt, welches das Fotostudio mit dem Namen beschriftet hatte. Er musste es die ganze Zeit über bei sich getragen haben. Die Zahnunterlagen hatten dann Gewissheit gebracht. Unten im Süden hatten sie ihn gefunden. Kurz vor der Grenze nach Mexiko in einem ausgebrannten Auto. Ich weiß noch, wie meine Mutter mich angesehen hatte, als wir die Nachricht erhalten hatten.

Frag Momo, warum.

Die Worte waren unausgesprochen zwischen uns gestanden. Aber sie hatte immer noch nicht nachgefragt, was sie bedeuteten. Stattdessen hatte sie zwei Tage später all ihre Schlaftabletten auf einmal geschluckt und war nie wieder aufgewacht.

»Dann hast du wohl ziemliche Scheiße gebaut«, sagte Cale zu mir und riss mich aus meinen Gedanken. »Ich hätte Maureen nie verraten.« So? Ich wusste es besser, spielte aber mit und sagte: »Maureen weiß das.« »Ja. Sie weiß das. Hast du 'ne Kippe?« Ich schüttelte den Kopf, woraufhin er selbst Tabak und Papes aus seiner Jeanstasche hervorzog und sich eine Zigarette drehte, ohne einen Filter zu benutzen. »Du wirst das so schreiben, ja?«, fragte er, während sich seine Finger hektisch bewegten. »Maureen und ich, wir waren was Besonderes. Zwei Teile vom selben Stück, wenn du verstehst. Wir waren nur zusammen ganz.« Ich nickte. »Du solltest dir Notizen machen.« »Ich kann mir das merken. Zwei Teile vom selben Stück.« Nun nickte er und steckte sich die Kippe in den Mund. »Aber grundsätzlich würde ich dir das mit den Notizen echt empfehlen.« »Ja, danke.« »Du wirst noch merken, dass ich recht habe.« Er wies mit dem einen Zeigefinger auf mich, während er mit der anderen Hand ein Feuerzeug hervorzog und die Kippe ansteckte. »Ganz bestimmt. Ist ein guter Tipp. Sag mal, es klingt vielleicht verrückt, aber hast du Maureen mal gesehen, seit sie gestorben ist?« Er schwieg. Dann berührte er seine Brust und sagte: »Sie ist immer da. Hier drin.« »Aber dir ist nie… ihr Geist erschienen? So was in die

Richtung? Als du beim Haus warst?« Wieder schwieg er für einige Sekunden, dann zog er die Nase hoch und fragte: »Was für ein Journalist bist du eigentlich?« »Wir haben uns ja auf der Terrasse in der Hill Road getroffen. Aber warst du auch drin? Im Haus?« »Stimmt, auf der Terrasse...« Er nickte gedankenversunken. »Ich dachte da, du wärst gerade aus dem Haus gekommen«, sagte ich. »Hey Robby, Kippe aus!«, rief ein massiger Typ zu uns rüber, der im Türrahmen stand und ihn ganz ausfüllte. »Wird's bald? Wie oft muss ich dir das noch sagen? Rauchen. Hier. Drin. Absolut. Verboten.« Er betonte jedes Wort wie einen einzelnen Satz. Cale hob entschuldigend die Hände, ging zu einem Waschbecken hinüber und drückte die Zigarette darin aus. Ich folgte ihm. »Sind wir jetzt langsam fertig?«, fragte er. Ich ahnte, dass ich nicht viel mehr aus ihm herauskriegen würde. Aber eine Sache interessierte mich wirklich noch. »Cale West musste sterben, um Maureen zu retten. Aber Maureen ist schon lange tot. Warum ersteht Cale jetzt nicht wieder auf? Warum bist du Robert geblieben?« »Heeeeyyy Robby! Du! Hier!«, rief eine Frau mit verfilztem Haar und schlechten Zähnen, die den Raum soeben betreten hatte. »Hey Clara! Lange nicht gesehen!«, rief Cale. Sie fielen sich um den Hals. Seufzend hob ich die Hand zum Gruß, brachte ein leises »Danke« hervor und schob mich an den beiden vorbei, die ihr Wiedersehen feierten.

Bei der Tür drehte ich mich noch mal um und musterte sie. Dann wurde mir klar, dass *das* vielleicht die Antwort war. Das hier war sein Leben geworden. Alle kannten ihn. Alle schienen ihn zu mögen. Es war seine Welt geworden. Als Maureen gestorben war, war er bereits vier Jahre hier gewesen. Womöglich hatte er inzwischen einfach Angst davor, sich ganz alleine in die Welt außerhalb zu wagen. Ohne Maureen. Was hatte er gesagt? »Wir haben uns da drin vor der ganzen beschissenen Welt versteckt.« Nun versteckte er sich ganz allein hier.

Ich musterte die anderen Anwesenden im Raum. Im Prinzip steckte doch hinter allen hier ein Cale West. Eine tragische Geschichte von einem Absturz. Oder eine Geschichte, in der sie von Anfang an keine Chance gehabt hatten. Sie alle hatten mal andere Pläne, andere Träume und womöglich andere Namen gehabt. An einem solchen Ort zu landen, das kann uns allen passieren.

31. JOSEPH

Er hatte nicht so früh mit einem Rückruf gerechnet. Momo lieferte ihm jedoch bereits im ersten Satz den Grund dafür, warum es so schnell gegangen war. Er hatte Cale gleich bei der ersten Anlaufstelle, die Joey ihm genannt hatte, gefunden. »Dann ist er also immer noch dort... nach all den Jahren!«, murmelte Joey. Er wusste nicht, ob er erleichtert oder verstört sein sollte.

Aus dem Handy drangen Fahrtgeräusche. Momo war auf dem Rückweg. »Wie... wie geht es ihm denn?«, wollte Joey wissen. »Schwer zu sagen«, antwortete Momo. »Ist er clean?«, fragte Joey weiter. »Ich weiß es nicht. Ich denke nicht. Ich weiß ja nicht, wie er früher war, aber... na ja... Trotzdem: Er hat Freunde, wie es aussieht – und jetzt auch noch meine Sonnenbrille.« Joey musste lachen: »Das klingt ganz nach Cale.« »Robert«, korrigierte Momo. »Ich glaube, Cale West ist wirklich tot. Es gibt nur noch Robert.« »Und hast du erfahren, was du wissen wolltest?« »Ich weiß nicht. Nein, ich denke nicht.« »Also hat er nicht verraten, ob er bei eurem ersten Treffen im Haus war und ob er Maureen getroffen hat?«

Momo hatte die Theorie aufgestellt, dass Maureens Geist Cales Anwesenheit an dem Tag bemerkt hatte und sie seither wusste, dass er noch am Leben war. Er vermutete außerdem, dass er außerhalb der 107 Hill Road für sie nicht erreichbar war und dass sie mit »Bring ihn her« doch nicht Joey, sondern Cale gemeint hatte.

»Nein, er hat mir nicht verraten, ob er im Haus war«, sagte Momo. »Er hat sehr vage geantwortet und überhaupt kam uns ständig jemand dazwischen. Es war einfach nicht möglich, ein vertrauliches Gespräch zu führen – und wenn ich ehrlich bin, glaube ich, es war am besten so. Cales Geschichte hat mein Leben völlig durcheinandergebracht. Wahrscheinlich sollten wir ihn am besten in Ruhe lassen. »Hm«, machte Joey. Ihm ging aber noch etwas anderes im Kopf herum und er fragte: »Aber die Frage war nicht der einzige Grund, warum du Cale sehen wolltest, oder?« Momo schwieg so lang, dass Joey bereits glaubte, die Verbindung sei abgebrochen. Doch dann sagte er: »Ich glaube, ich wollte auch etwas über mich selbst erfahren. Ich wollte wissen, ob er sich noch Vorwürfe macht.« Joey dachte über eine Erwiderung nach, als Momo fortfuhr: »Ich weiß nicht, was ich mir davon erhofft habe, wenn ich ehrlich bin… Ich bin nicht schlauer als vorher.« »Cale und du«, sagte Joey. »Ihr habt nichts gemeinsam. Glaube mir, ich kenne ihn. Du musst deinen eigenen Weg finden.« »Das muss ich wohl«, kam aus dem Handy zurück.

Wieder entstand eine Pause. Joey griff nach einem Staubwedel und begann, einen mit Schnitzereien verzierten Spiegel zu reinigen, während Momo, wie es sich anhörte, weiter über den Highway rauschte. Dieses Mal wollte Joey nicht wieder derjenige sein, der auf Momo zuging. Darum verkniff er sich die Frage, wie es nun mit ihnen weitergehen würde. Er musste damit aufhören, sich an Menschen zu klammern, die nicht von selbst blieben. Das Schweigen dauerte an. Schließich sagte Momo: »Ich habe gestern übrigens erfahren, dass die 107 Hill Road abgerissen wird. Morgen Abend kommt schon der Bagger. Übermorgen soll es losgehen.« »Oh…« Joey war erstaunt. »Das macht die Firma, der das Haus gehört? Von der du den Schlüssel hattest?« »Richtig…« Nach einer kurzen Pause fügte er hinzu:

»Ich hab mich gefragt, was dann aus Maureen wird.«
»Hm, gute Frage. Sie hätte ein friedliches Ende verdient.
Irgendeine Art von Abschied. Weißt du, was ich meine?
Irgendwas, damit sie zur Ruhe kommt, bevor das passiert«, »Ja, kommt mir auch so vor. Aber ich werde sicher nicht umdrehen, um Cale zu entführen und zu ihr zu bringen.« Joey lachte, fühlte sich aber im nächsten Moment schlecht. Die Rolle, die er in der ganzen Tragödie um Maureens Tod und Cales angeblichen Tod gespielt hatte, lastete schwer auf seinem Gewissen. Und das nicht erst, seit Momo seinen Laden betreten hatte. Nach allem, was er erlebt hatte, zweifelte er nicht daran, dass Maureen tatsächlich eine rastlose Seele war, die in einer Zwischenwelt feststeckte und er daran eine Mitschuld trug. Auf einmal kam ihm eine Idee: »Ich weiß auch nicht, was wir für den Seelenfrieden eines Geists tun könnten, aber ich kenne eine Person, die es wissen müsste. Du hast ja zu mir gesagt, du bist kein Typ, der ein Medium ruft, um ein altes Haus von bösen Schwingungen zu reinigen. Aber nach dem, was passiert ist, willst du es dir vielleicht anders überlegen – und ich kenne zufällig eine Frau, die auf so was spezialisiert ist. Penny. Sie ist eine Stammkundin.« »Hm«, überlegte Momo. »Ich weiß nicht, ob ich diese Linie wirklich übertreten will. Oder ob mir nicht lieber ab heute, einrede, dass das alles nur Einbildung war.« »Deine Entscheidung. Ich für meinen Teil habe das Gefühl, ich schulde Maureen einen letzten Gefallen. Natürlich weiß ich nicht, ob Penny ein gutes Medium ist oder ob es so was überhaupt gibt. Auf dem Gebiet habe ich keinerlei Erfahrung. Aber wenn du willst, könnte ich sie fragen.«

32. MORTIMER

Wir standen auf der Terrasse und sahen uns nervös um. Wie Einbrecher, die ihr erstes Ding drehen. So ähnlich war es eigentlich auch. Ich hatte die Schlüssel zur 107 Hill Road längst zurückgegeben und mich ausgiebig bei Bill und Toni entschuldigt. Aber die obere Tür verfügte nicht über ein besonderes Sicherheitsschloss. Zudem war sie von der Straße aus nicht einsehbar. Wir waren also ungestört. Nur die Schaufel des riesigen Baggers, der auf der Wendeplattform geparkt war, schaute zu uns hinauf wie der Kopf eines Dinosauriers. Es war tatsächlich so weit. Für die 107 Hill Road hatte das letzte Stündlein geschlagen. Am nächsten Morgen, spätestens dann, wenn die Arbeiter genügend Kaffee getrunken hatten, würde es losgehen.

Joey fingerte nervös mit der Kundenkarte eines Supermarktes im Türschlitz herum. Um sie damit zu entriegeln, war kein Meisterdieb nötig. Trotzdem trat ich beim Wache halten nervös von einem Fuß auf den anderen. Nur Penny in ihrem geblümten Kleid wirkte völlig ruhig und blickte rauchend in den malerischen Sonnenuntergang.

Schließlich zeigte ein klickendes Geräusch an, dass Joey Erfolg gehabt hatte und die Tür schwang auf. Wir wichen beide instinktiv zurück. Mein Herz raste. War das wirklich eine gute Idee? Ich würde nicht mehr als zwei Schritte über die Türschwelle machen. Das sollte lieber die selbsternannte Expertin übernehmen. Joey hatte ihr die ganze Geschichte und unser Anliegen, Maureens Geist zu besänftigen, erklärt; und sie hatte gesagt, sie traue sich das zu.

Zunächst blieb alles ruhig. Penny trat hinter uns. Sie legte die Stirn in Falten und schnippte ihre Kippe weg. »Geht zurück, Kinder«, sagte sie und zeigte auf mich »Vor allem du. Nach dem, was Joey mir erzählt hat, über all die Veränderungen, die du im Haus und auf der Terrasse erlebt hast, bist du nekro-hypersensibel. Der Geist lässt dich Dinge sehen. Ohne Ausbildung ist das sehr gefährlich. Die verlorene Seele wittert dich als perfektes Gefäß.« Ich hob die Hände und machte noch mal zwei Schritte zurück. Sie musste mich kaum bitten, diesem Haus fernzubleiben, nach allem, was passiert war.

Als wir auf Abstand gegangen waren, streckte sie ihren Arm aus, sodass ihre Hand im Flur war. »Nein«, sagte sie dann einfach nur. »Nein?«, fragte Joey. Penny schüttelte den Kopf und zog die Hand zurück. »Nein«, sagte sie noch einmal. »Da ist nichts zu machen.« »Wie meinst du das?«, wollte ich wissen. »Der Geist ist psychonekrotisch«, sagte sie. »Was bedeutet das?«, fragte Joey mit ernster Miene. Ich wollte fragen, ob das Wort überhaupt existierte, ließ es aber doch sein. Penny musterte uns überheblich. »Dieser Geist ist nicht bereit, zu kommunizieren oder sich zu mäßigen. Wir können nichts tun.« »Und das hast du einfach so gespürt?« Meine Skepsis hätte nicht größer sein können. »Na, sonst wäre ich ja nicht nur ein schlechtes Medium, sondern längst tot«, gab Penny schnippisch zurück. »Da reinzugehen, wäre purer Selbstmord.« »Hm«, machte Joey. Er griff die Türklinke vorsichtig, ganz so, als wäre sie ein glitschiger Fisch, und zog die Türe zu.

Ein für alle Mal.

»Okay«, sagte ich. Dann eben nicht. Die Idee mit dem Medium hatte mich sowieso nicht so recht überzeugt. Auch nach allem, was ich erlebt hatte, war ich skeptisch gegenüber Menschen, die für Geld mit den Toten kommunizierten.

»Gut, dann wären jetzt meine 200 Dollar fällig«, erklärte Penny. Joey zog die Brauen zusammen. »200 Dollar? Wofür?« Vereinbart war gewesen, dass sie Maureens Geist besänftigte und ihrem Geist den Weg ins Jenseits wies. Dafür hatten die 200 Dollar angemessen geklungen. Stattdessen hatte sie aber nur die Aussicht genossen und eine Hand ins Gebäude gestreckt. Sie sah das anders. »Na, das ist mein Preis dafür, dass ich die Situation analysiert habe. Hätte ich euch nicht gewarnt, hättet ihr draufgehen können, Schätzchen«, gab sie zurück. Ich wollte widersprechen, aber Joey zog seinen Geldbeutel aus der Hosentasche und hob beschwichtigend die Hände. »Joey, nein«, sagte ich. »Es ist okay«, meinte er, während er die Scheine zückte. »Wir wussten, dass ein Risiko dabei ist.« Hatten wir das gewusst? Ja, sicher. Aber das Risiko, dass Penny uns dermaßen schamlos abzocken könnte, hatte ich nicht bedacht. »Penny hat getan, was möglich war und dafür müssen wir zahlen«, sagte Joey ergeben. Ich nahm nicht an, dass er davon überzeugt war. Aber sie war eine Stammkundin und hatte sicher schon weit mehr in seinem Laden liegenlassen als 200 Dollar. Er wollte sicherstellen, dass das auch so blieb. »Ich zahl's dir zurück«, murmelte ich. Joey sah mich nicht an. »Nein, vergiss es«, sagte er. »Dann lade ich dich eben zum Essen ein, und gerne auch auf einen Drink. Heute Abend. Falls du das noch willst?«, schlug ich vor. »Oho«, sagte Penny und musterte mich von oben bis unten. »Die Bezahlung würde ich auch akzeptieren.« Ich brachte ein »Hmhm« hervor und zog die Mundwinkel künstlich hoch.

»Danke, Schätzchen«, sagte Penny zu Joey, nachdem er ihr die Scheine ausgehändigt hatte und berührte ihn am Arm. Dann wollte sie sich davonmachen. Aber ich stoppte sie noch einmal. »Äh, sorry. Eins noch: Was passiert denn jetzt morgen, wenn sie das Haus abreißen?« Ich weiß nicht, warum ich fragte. Zum Spaß oder nur so zur Sicherheit, falls sie doch kein Scharlatan sein sollte. Penny blickte über die Schulter und setzte ihre schwärzeste Miene auf. »Dann, mein Lieber, geht Mildreds wütender Geist…« »Maureens«, korrigierte Joey. »Ja, Maureen«, sagte Penny und winkte ab. »Ihr wütender Geist geht im Staub des Hauses auf und wird sich mit dem Wind verteilen.« Sie breitete die Arme aus. »Er wird überall dort landen, wohin ihn die Böen wehen. Und alle, die auch nur das kleinste Staubkörnchen einatmen, werden fortan einen Teil von ihr in sich tragen. Ihre Wut spüren. Und wir…« Sie senkte die Stimme und zog die Brauen zusammen, »können absolut nichts dagegen tun. Also genießt euer Abendessen.« Sie ging mit ordentlichem Hüftschwung davon. »Wow«, sagte ich. »Also genießen wir unseren letzten Abend«, stimmte Joey zu und ahmte Pennys übertriebene Geste nach. »Das sollten wir«, sagte ich und lächelte ihn an.

ANHANG

1. DIE AUTORIN

Samara Summer: Freelance Texterin, Musikerin, Roman-Autorin.

Ihre Liebe zum Geschichtenerzählen entdeckt Samara bereits im frühen Kindesalter. Das Schreiben wird schnell zu einer unübertroffenen Leidenschaft, egal ob es sich um erfundene oder wahre Storys handelt. Während der Oberstufenjahre arbeitet die Autorin für diverse Musik-Onlinemagazine und wird selbst als Musikerin aktiv.

Seit *2013* ist sie als freiberufliche Texterin tätig. Dabei betreut sie Unternehmen sowie Kunstschaffende in den Bereichen Pressearbeit, Marketing und Social Media und schreibt journalistische Texte für Magazine.

Social Media:

» www.instagram.com/auch_im_winter
» www.twitter.com/auch_im_winter

Aktuell erhältliche Romane:

» Der Ether-Song (Mysteryroman, 2016)
» 886 Tage Regen (Abenteuerroman, 2020)
» Der Fäulnis-Mann (Entwicklungsroman, 2021)
» 107 Hill Road (Mysteryroman, 2023)

2. DANKSAGUNG

Ich danke allen Leserinnen und Lesern, die sich in meine Buchwelten stürzen. Großes Shoutout vor allem an diejenigen, die mich darüber hinaus mit Rezensionen, Buchvorstellungen oder Empfehlungen unterstützen, die meine Beiträge teilen und liken. Ihr tragt dazu bei, dass ich weitere Titel veröffentlichen kann.

Natürlich möchte ich auch diejenigen nicht vergessen, die mir bereits im Vorfeld der Veröffentlichung unermüdlich zur Seite standen: Ich danke meiner geduldigen Lektorin, meinen aufmerksamen Testleserinnen und Testlesern, meiner Coverkünstlerin Annabel und Bastian für die digitale Umsetzung.

Last, but not least: Vielen Dank an meine Familie, die den Buchwahnsinn jedes Mal aufs Neue erträgt!

3. TRIGGERWARNUNGEN

In dieser Geschichte werden unter anderem Depressionen, Suizid, Narzissmus und toxische Beziehungen thematisiert.